dtv

Wie verbringt man die erste Nacht, wenn ein geliebter Mensch gestorben ist? Mit den letzten Habseligkeiten ihrer Mutter kehrt Johanna zurück in die Wohnung, in der sie aufgewachsen ist. Wie unter Zwang sortiert sie die Wäsche der Mutter nach Temperaturverträglichkeit, und während die Waschmaschine zu laufen beginnt, macht sich Johanna an eine Inventur ihrer Kindheit. Dieser provozierend leise Text erzählt feinfühlig von der Sprachlosigkeit in Familien und ist ein Plädoyer für eine aufrichtige Auseinandersetzung mit der Vergangenheit.

»Durch ihre strenge Präzision – keine Sentimentalitäten, keine launigen Nebengeschichten oder wortverliebten Eskapaden – erzeugt die Autorin eine atmosphärische Intensität, die nicht nur Johannas Wahrnehmung für ihre Familiengeschichte schärft, sondern auch die des Lesers für eigene vergessene oder verdunkelte Erlebniskammern.« (Gabriele Michel in ›Literaturen‹)

Angelika Overath, 1957 in Karlsruhe geboren, studierte Germanistik und Geschichte. Sie arbeitet als freie Autorin und Literaturkritikerin und lebt mit ihrer Familie in Sent/Graubünden. 1996 wurde sie für ihre Reportagen mit dem Egon-Erwin-Kisch-Preis ausgezeichnet, 2005 erhielt sie den Thaddäus-Troll-Preis für ›Nahe Tage. Roman in einer Nacht‹. 2009 erschien ihr hochgelobter Roman ›Flughafenfische‹.

Angelika Overath

Nahe Tage

Roman in einer Nacht

dtv

Ausführliche Informationen über
unsere Autoren und Bücher
www.dtv.de

Die Autorin dankt dem Deutschen Literaturfonds e. V.
für die Unterstützung ihrer Arbeit.

4. Auflage 2015
2009 dtv Verlagsgesellschaft mbH & Co. KG, München
© Wallstein Verlag, Göttingen 2005
Umschlagkonzept: Balk & Brumshagen
Umschlagfoto: Ostkreuz/Ludwig Schirmer
Satz: Wallstein Verlag, Göttingen
Druck und Bindung: Druckerei C.H.Beck, Nördlingen
Gedruckt auf säurefreiem, chlorfrei gebleichtem Papier
Printed in Germany · ISBN 978-3-423-13728-7

Für Sibylle

If your pictures are not good enough,
you're not close enough.
Robert Capa

I

Sie atmet doch. Sie erschrak. Ihre Mutter war zurechtgemacht, gekämmt und gewaschen und lag ruhig da. Und sie hörte, wie sie atmete.
Sie atmet doch, wollte sie rufen, verbat es sich aber. Sie sah die abgestellte, frisch geputzte Dialysemaschine mit den aufgewickelten, durchsichtigen Schläuchen. Der Raum schimmerte hell in einem milden, von Kastanien gefilterten Sommerlicht. Gestern noch hatte sich das Blut der Mutter in kirschroten Schlaufen bewegt.
Aber sie atmet doch, dachte sie, ich höre es genau, wie sie atmet. Sie atmet aber nicht mehr, wußte sie, denn sie ist tot. Schon am Telefon hatte man ihr gesagt, daß ihre Mutter im Sterben liege, daß sie ihre Mutter nicht mehr lebend antreffen werde, auch wenn sie die hundert Kilometer jetzt sofort mit einem Taxi zurücklegte. Sie hatte diese Nachricht mit einem Nadelstich der Erleichterung aufgenommen – gefolgt von rasender Panik.
Als sie ins Taxi stieg, sah sie, wie die digitale Zeitanzeige auf 11 Uhr 03 sprang. Es war, wie sie später erfuhr, der Moment ihres Todes.
An ihrem Bett, in dem sie nun so still in grünem Licht lag – und sie hörte, wie sie atmete –, begriff sie, daß ihre Mutter sterblich gewesen war. Das Atmen mußte ein Spuk sein, eine Sinnestäuschung. Die Mutter war tot.
Das ist also möglich, dachte sie. Natürlich hatte sie gewußt, daß es einmal so kommen konnte, daß die Mutter stirbt und die Tochter lebt, aber wirklich geglaubt hatte

sie es nicht. Ihr Tod war gegen ihrer beider unausgesprochene Abmachung, war gegen das ganze selbstverständliche Lebensprinzip.

Ich müßte jetzt beten, dachte sie, betete aber nicht. Ich sollte sie zum Abschied küssen, dachte sie. Und sie küßte sie nicht. Sie horchte ihrem Atem nach, den sie nicht hörte.

Sie hielt den Atem an. Hier in diesem lindgrün gekachelten Raum hörte ein für allemal etwas auf.

Draußen vor dem Fenster schrieen sich Vögel in den Sommer.

Alles, was jetzt geschehen sollte, mußte sehr langsam geschehen. Sie kannte sich nicht mehr aus. Dieser gekachelte Raum, buchstabierte sie, ist ein gekachelter Raum. Hier atmet die Mutter, die nicht mehr atmet. Sie würde aufpassen müssen. Sie ging um das Bett herum, sah noch einmal auf den Brustkorb, der sich nicht hob und nicht senkte, und hörte das gleichmäßig schnaufende Brausen. Das Gesicht der Mutter war geschlossen, als gehöre es nicht mehr zu ihr.

Ich möchte nicht länger bleiben, dachte sie, und sie dachte an die Pietät, die es wohl gebot, daß sie bliebe. Sie lief auf das Lindgrün der Kacheln zu und wieder zurück, als wittere sie einen geheimen Ausgang. Sie sah auf die Mutter. Sie umkreiste das Bett wie eine unverstandene Provokation. Dann war es genug.

II

In der Straßenbahn war es heiß. Johanna hielt den prall
gefüllten Krankenhausplastiksack zwischen den Knien.
Das Ende waren neue Schlafanzüge gewesen, neue Unterhosen, ein neuer leichter Morgenmantel mit einem
Palmenmotiv, die Kulturtasche mit Kamm, Zahnbür-
ste, Zahnpasta, dem kleinen Spiegel, den Tabletten. Die
Straßenhalbschuhe und die Hausschuhe, die zwei neuen
Plüschkatzen mit dem Knopf im Ohr, eine schwarz,
eine grau; die immer verlegten Brillen, die Taschentücher, die Beinwickel, die Stützstrümpfe, das Venen-
Gel, der hellgeblümte, taftgefütterte Sommerrock, das
gestrickte rosafarbene Baumwollblüschen, das weiße
T-Shirt, das blaue Jäckchen, die cremefarbene Stretch-
hose, die beige Übergangsjacke. Der Umschlag mit
dem Ehering. Das Döschen mit dem Gebiß. Der Geldbeutel mit dem kleinen Schein. Der Schlüsselbund.
Höllen müssen vertraute Orte sein. Jede Fremde wäre
jetzt harmlos. Johanna hatte den mit Fugensteinen ge-
pflasterten Hinterhof des Mietsblocks durchquert. Ihr
Arm schmerzte von dem unförmigen Plastiksack, den
sie hochhalten mußte, damit er nicht am Boden schleifte.
Sie schloß die Haustür auf, ging an den Briefkästen vorbei und drückte auf den Aufzugsknopf. Sie hörte, wie
sich die Kabine in Bewegung setzte und kurz darauf
ruckend stoppte. Johanna schob die Falttür auf und
stieg in den Kasten. Sie drückte auf den Knopf für den
dritten und vierten Stock. Der Aufzug fuhr in das Zwischengeschoß. Im Treppenhaus war es fast kühl. Die

gesprenkelten Steinstufen glänzten frischgeputzt. Johanna kannte die Wohnung ihrer Mutter, die einmal, obgleich nur für kurze Zeit, auch ihre Wohnung gewesen war. Falls man das so sagen kann. Der Schlüsselbund lag abgegriffen in ihrer Hand. Sie fühlte den Wohnungsschlüssel mit der alten grünen Gummikappe. Der Bart schloß beinahe selbständig auf in einer über zwanzig Jahre eingespielten Geläufigkeit.

Im Flur war es dunkel. Die Jalousien im Wohnzimmer und in der Küche waren heruntergelassen worden, wohl um die Hitze draußenzuhalten. Johanna kurbelte die schweren Vorrichtungen hoch, schob im Wohnzimmer die bodenlangen Gardinen zur Seite und öffnete ein Fenster. Die Hitze schlug ihr entgegen. Sie ging zurück und kippte den Plastiksack in den Flur. Sie griff nach den beiden Plüschkatzen und setzte sie auf die Lehne des schweren Ledersofas. Die schwarze neben die graue, neben die anderen Katzen, in die Phalanx der gestickten Kissen, angeführt von einer Käthe-Kruse-Puppe, deren Lächeln altklug zwischen zwei zu Affenschaukeln hochgebundenen Zöpfen hing. Johanna sah in die Glasaugen der Sofa-Gesellschaft und sah wieder weg. Sie sollte etwas tun; die Krankenhauswäsche lag im Flur. Sie ging ins Badezimmer, knipste das Licht an, nahm das Frotteedeckchen von der Waschmaschine und öffnete den Deckel. Sie überlegte, ob sie zuerst eine 40 Grad-Wäsche waschen sollte oder eine 60 Grad-Wäsche. Sie ging ins Schlafzimmer, um nach Wäschestücken zu sehen, die in ihrer Temperaturverträglichkeit zu denen aus dem Krankenhaus passen würden.

Hinter der Tür stand der graue, abgesteppte Wäschepuff. Er war älter als Johanna. Er war immer im Schlafzimmer der Eltern gestanden. Am Anfang muß er größer gewesen sein als sie. Vielleicht hatte sie an ihm
gelernt, sich aufzurichten. Jedenfalls wußte sie sofort,
wie er sich anfühlte, als sie ihn jetzt wiedersah. Früher
hatte es in seiner Nähe noch eine beigefarbene Waage
gegeben mit zwei dunkelnoppigen grünen Flächen für
die Füße und einem schwarzen Zeiger, der heftig aus-
schlug und sich dann zitternd beruhigte. Der Wäschepuff war schwer, auch wenn er nicht gefüllt war. Mit
der Zeit aber war Johanna über ihn hinausgewachsen.
Er wurde kleiner und unbedeutend. Und doch haftete
an ihm noch ein kaum faßbares Unbehagen. Johanna
griff in die Mittellasche und hob den kreisrunden Dek-
kel ab wie ein Becken.
Noch bevor sie ein Wäschestück berührt hatte, kam der
Geruch. Ein blasser, vertrauter Muttergeruch. Johanna
wußte, daß ihre Mutter eine peinlich saubere Frau
gewesen war. Doch getragene Nylon- oder Perlon-
strümpfe riechen, Kittelschürzen mit Flecken von Es-
sensspuren, in den Taschen vergessene Taschentücher.
Trevirapullover. Söckchen. Sie sortierte die Kleider auf
dem Teppichboden des Flurs. Als sie spürte, daß ihr
schwindlig wurde, beschleunigte sie ihre Handgriffe.
Es war sehr heiß. Sie war nicht darauf gefaßt gewesen,
daß ein toter Mensch noch atmet und daß er riecht, da,
wo er gelebt hat.
Genaugenommen wußte sie nicht, was sie tat. Es hatte
keinerlei Sinn, hier in der Wohnung Wäsche zu sortie-
ren, heute, wenige Stunden nach ihrem Tod, an einem

heißen Sonntagnachmittag. Und dazu noch Wäsche, die sie vermutlich wegwerfen würde. Wer brauchte schon über Jahre getragene Kittelschürzen, BHs, Strumpfhalter, Hüftgürtel, Söckchen? Die Schränke ihrer Mutter waren voll davon. Hätte sie nicht wenigstens das Schmutzige gleich in die großen Container vor dem Block werfen können? Doch wenn sie an den Mülleimer dachte, überfiel sie die seltsame Gewißheit, daß es dieses Schmutzige war, das sie band. Konnte sie etwas wegwerfen, in dem sich noch das Warme, das Feuchte, das Gelebte des Körpers hielt? Und so war ihr, als geriete sie in einen eigenartigen Sog dieser zuletzt getragenen Kleider.

Der vage, vertraute Geruch packte sie. Der Geruch hatte sich selbständig gemacht, er war monströs geworden, er hatte die tote Mutter überstiegen. Bevor sie es begriff, hatte sie ihn in den Lungen und atmete ihn aus, um ihn wieder einzuatmen. Sie atmete die Mutter. Und die tote Muter atmend, überkam sie eine haltlose Übelkeit.

Wie hatten sie zusammmen geatmet! Neun Tage lang war sie mit dem Zug gekommen, zweimal Umsteigen, dann mit der Straßenbahn zur Klinik. Morgens drei Stunden hin, abends drei Stunden zurück. Sie hatte Schreibtischarbeiten, Organisatorisches vorgeschoben, das sie nachts oder frühmorgens unbedingt zu Hause erledigen müsse. Sie hatte sich freinehmen können, unbezahlten Urlaub, wegen der Krankheit der Mutter, sie, als einziges Kind, man hatte das verstanden, aber die Mutter würde nun doch auch verstehen, daß es Dinge gab, die schlecht liegenbleiben konnten. So hatte sie es ihr gesagt, während die Mutter stumm dalag. Immerhin hatte sie nicht zugeben müssen, daß sie auf keinen Fall in der Wohnung der Mutter hatte übernachten wollen. Neun Tage stand, lehnte sie an ihrem Bett auf der Intensivstation, später in den Räumen der Dialyse. Besuche waren nicht erwünscht, deshalb gab es keine Stühle. Am siebten Tag hatte man ihr einen Tee angeboten. Einen Beuteltee, aufgebrüht mit heißem Wasser aus der Thermoskanne. Sie erinnerte sich an den wunderbaren Geschmack von Pfefferminz. Sie hatte das gerne getrunken. Doch jetzt erst im nachhinein begriff sie, daß diese milde Geste der Tochter gegenüber das endgültige Zeichen dafür gewesen war, daß man die Mutter aufgegeben hatte.

Auf der Intensivstation im Bett neben der Mutter lag ein italienischer Junge im Koma, ein Medizinstudent, fast noch ein Abiturient. Es sei eigentlich ein harmloser Unfall gewesen, auf dem Rückweg von den Ferien in Holland. Der Freund am Steuer habe ein gebrochenes Nasenbein. Die beiden Mädchen auf der Rückbank seien unverletzt. Er aber war vorne gesessen, nicht angeschnallt.

Seine schmale Mutter, eine mädchenhafte Norditalienerin, war über Nacht eine alte Frau geworden. Come si vive male, sagte sie vor sich hin. Ihr blondes kurzes Haar hatte nun die Farbe von Asche. Sie konnte kein Deutsch. Sie verstand die Ärzte nicht, nicht die Pfleger. Die muntere Übersetzerin, die manchmal vorbeikam, verhinderte, daß sie verstand. Sie schenkte ihr Zeit. Johanna hatte begriffen, daß der Junge, sollte er je nochmals aufwachen, blind sein würde. Seine Augen zeigten, wenn der Pfleger die geschlossenen Lider anhob und den direkten Strahl der Taschenlampe erst in das eine, dann in das andere richtete, keine Reflexe mehr. »L'inverno è passato, l'aprile non c'è più«, sang die Übersetzerin, »è ritornato il maggio al canto del cucù.« Dann zwitscherte sie etwas vom Lebensfrühling, der, ach, in unseren Jahren, dabei blinzelte sie von Frau zu Frau, nun vorbei sei, der Sommer sei angebrochen. Und als die Mutter des Jungen nur abwesend vor sich hinsah, war sie schon summend weitergesegelt. Von wegen Sommer, hatte Johanna gedacht und ihr nachgesehen. In unseren Jahren begann der Herbst.

Die Mutter des Jungen hatte wieder angefangen, ihren Sohn zu besprechen. Topolino, sagte sie, weißt du noch, wie ich dir immer Topolino gekauft habe, weißt du noch. Unter sein Kopfkissen hatte sie ein geweihtes Kräuterkissen aus einem Wallfahrtsort gesteckt.
Johanna betrieb ihren eigenen Voodoo-Zauber. Johanna atmete. Johanna atmete, damit ihre Mutter atmete. Sie atmeten zusammen. Sie schnauften. Über dem Bett der Mutter liefen Kurven, die manchmal piepten. Johanna verwechselte sie dauernd, vielleicht weil sie dauernd wechselten. Aber die eine Kurve erkannte sie, es war die Kurve, die den Sauerstoff maß, den die Mutter atmend aufnahm. Die Kurve fiel immer wieder so ab, daß man der Mutter ein Röhrchen in ein Nasenloch stecken mußte. Auch dann blieb die Kurve schlecht. Obwohl die Kurve schlecht blieb, glaubte Johanna jeden Morgen, wenn sie kam, daß es besserginge. Jeden Tag etwas

besser. Bis es bald wieder ganz gut sein würde. Topolino, sagte die andere Mutter am anderen Bett. Ihre Mutter schwieg.

Entspann dich, sagte Johanna, entspann dich und dann ganz tief, sagte Johanna und atmete, sich selbst entspannend, der Mutter vor, damit die Mutter mit ihr atme. Und sie atmete so tief, bis ihr schwindlig wurde, weil sie selbst nun zuviel Sauerstoff abbekam. Hecheln, dachte Johanna. Wenn das eine Geburt wäre, müßtest du hecheln. Johanna hatte einmal einen Geburtsfilm gesehen, in dem eine Hebamme mit der Gebärenden atmete. Nun also gebar sie atmend die Mutter.

Einmal sagte die Mutter: Bring mir meine Zähne! Da wußte Johanna, sie ist über den Berg. Ein andermal sagte die Pflegerin: Hat Ihre Mutter keinen Kamm? Da wußte Johanna, sie wird bald entlassen. Als sie ihre Mutter kämmte und ihr den kleinen Spiegel vorhielt und sagte: Schau, Mama, so sieht doch keine Frau aus, die stirbt, sagte die Mutter: Doch.

Johanna zeigte der Mutter Schweizfotografien von erlebtem Schönem. Die Mutter aber schüttelte den Kopf und sagte: Tu das weg.

Die muntere Übersetzerin, von der Johanna langsam begriff, daß sie die Klinikpastorin war, bat Johanna auf den Gang hinaus hinter die Glaswand und sagte: Sehen Sie sich Ihre Mutter doch an! Sie will nicht mehr. Warum lassen Sie Ihre Mutter nicht in Ruhe sterben?

So war auch in Johanna der Gedanke aufgekommen, daß sie ihre Mutter quälte. Mit dem gemeinsamen Atmen vergewaltigte sie sie zum Leben. Doch Johanna setzte ihre Fahrten in die Klinik fort. Hätte jemand ihr gesagt, sie selbst sei krank, sie hätte nicht widersprochen. Und wäre weiterhin gekommen.

Pathologisch, sagte der Pfleger einmal zu ihr und sah sie an. Seine Hände, die die Mutter kundig wendeten, rochen nach Arnika. Wie alt sind Sie eigentlich? Sie werde vierzig, hatte Johanna geantwortet und dem Pfleger ins Gesicht gesehen, in seine weiten, grauen Augen. Das ist doch pathologisch, hatte er wiederholt, gehen Sie nach Hause. Johanna hatte genickt und gesagt, gleich. Und war geblieben.

Eine Schwester hatte begonnen, den Jungen aufzudekken, um ihn zu waschen. Und Johanna sah seine Füße, seine gebräunten Beine, sein Glied. Und noch im Gehen sah Johanna über ihre Schulter hinweg den ruhigen Blick des Pflegers, der die Lenden des Jungen streifte. Es war ein Blick von so abgründigem Bedauern, daß er Johanna weh tat, noch lange nachdem sie den Kittel und die Plastiküberschuhe ausgezogen und in die dafür vorgesehenen Behälter geworfen hatte und wieder hinter der dicken, sich automatisch schließenden Panzerwand stand und nun unter den Kastanien zu laufen begann, um die Straßenbahn nicht zu verpassen.

III

Johanna kniete vor der Toilettenschüssel. Ihre Stirn lehnte noch auf der Plastikbrille. Aber es war schon vorbei. Als sie aufstand und den metallenen Spülhebel herunterdrückte, gab er einen Widerstand. Der Mechanismus war verkalkt, und auch wenn sie ihn mit aller Kraft niederhielt, kam nur ein Rinnsal. Du mußt nur die Laufrichtung ändern, fiel ihr ein. Sie hatten diesen kleinen Text in der Schule gelesen, und sie hatte ihn nicht verstanden. Wenn die Maus davonläuft, holt die Katze sie ein und frißt sie. Wenn sie aber die Laufrichtung ändert, wenn sie also der Katze entgegenläuft, dann frißt die Katze sie auch. Hatte sie gedacht. Dann hatte es doch keinen Sinn, die Laufrichtung zu ändern. Dann hatte aber der Text keinen Sinn. Dann hatte es keinen Sinn, die Geschichte mit der Maus, die die Laufrichtung ändern soll, geschrieben zu haben. Und doch war die Geschichte geschrieben worden. Nur um zu sagen, daß sie keinen Sinn hat? Johanna hatte sich damals über die Geschichte geärgert, sie wollte mit einer Geschichte, die nur sagt, daß die Katze die Maus sowieso frißt, nicht belastigt werden. Und doch begleitete sie der Satz von der Laufrichtung von nun an wie ein hüpfender Schatten. Da mußte ein Trick sein, ein Trick, den sie nicht verstand. Würde die Katze vielleicht erschrecken, wenn die Maus die Laufrichtung änderte? Was war unwahrscheinlicher: daß die Maus sich umdreht oder daß die Katze stockt? Johanna hatte die Hand immer noch auf dem Hebel der Toilettenspülung und beobachtete, wie das Becken langsam sauber wurde, bis auf das alte, gelbliche Kalkdelta an der Abflußenge. Es war stickig im Klo. Sie öffnete die Tür weiter und meinte einen Lufthauch zu spüren. Sie beugte ihr Gesicht zum kleinen Hahn über dem Handwaschbecken und spülte sich den Mund aus. Das kalte Wasser war lauwarm. Sie wusch ihr Gesicht, trocknete es aber nicht ab, sondern schüttelte nur den Kopf. Mit den nassen Händen streifte sie die kurzen, schwarzen Locken zurück wie ein Fell.

Sie würde jetzt schnell eine Maschine waschen, die Wäsche über der Badewanne aufhängen und zurückfahren, drei Stunden Richtung Süden durch den Schwarzwald und dann dem kleinen Mittelgebirge entgegen, wo es kühler war als hier in der Rheinebene mit den Spargelplantagen und Tabakfeldern und dieser saugenden tropischen Hitze, die von den Baggerseen, den Fischteichen und den sumpfigen Altrheinarmen aufstieg.

Die Formalitäten der Beerdigung würde sie am Montag erledigen können und zunächst sicher auch nur telefonisch.

Doch als sie die Wäsche – sie hatte sich entschlossen, alles bei 40 Grad auf einmal zu waschen – in die Trommel gestopft und die Maschine in Gang gesetzt hatte, stieg mit dem langsamen Einströmen des Wassers die Angst. Die ersten Rotationen des Metalls waren Schläge. Johanna stand im Badezimmer und sah vor dem Hintergrund der rosa Kacheln ein Gesicht im Viereck des Spiegels. Jahrelang waren es zwei Gesichter gewesen. Viele Schuljahre lang, noch weit in die Gymnasialzeit hinein, hatte die Mutter ihr jeden Morgen im Bad vor dem Spiegel zwei Zöpfe geflochten. Zwei Zöpfe waren eine sichere Frisur. Ein Kind sah damit den ganzen Tag ordentlich aus, vor allem wenn die Mutter das Haar exakt scheitelte und in flinker Übung die übereinandergelegten Strähnen fest anzog. Und während sich ihre Blicke immer wieder im Spiegel trafen, besprachen sie den beginnenden Tag. Neben dem Spiegel hing die spitze Tüte aus gelbem Plastik für die kleinen Badabfälle. Die Mutter hatte hier die Haare der Familienmitglieder gesammelt, die sie aus dem Kamm oder aus der Bürste zog. Damit die Haare nicht davonflogen, hatte sie sie zu kleinen elastischen Haarbällchen gerollt. So waren auch sie aufgeräumt. Johanna suchte nochmals das Gesicht im Spiegel. Auf dem Rand des Waschbeckens hockten ihre Hände wie Vogelkrallen.

Sie hätte gehen müssen. Sofort. Sie hätte nicht hierher kommen dürfen. Nicht gleich am ersten Tag. Sie hätte die Sachen ihrer Mutter in der Klinik lassen sollen. Es war völliger Unsinn, hier Wäsche zu waschen. Bei laufender Maschine würde sie weitere anderthalb Stunden in dieser stickigen Wohnung festsitzen. Sie mußte weg, sie mußte hier weg, je schneller, desto besser.

Aber als nähme sie nun einer an der Hand, ging sie ganz langsam in die Küche. Sie setzte sich an den Küchentisch, legte ihre nackten, warmen Unterarme zueinander auf das Wachstuch, auf die zarten, hellbraunen Streublumen, auf die zarten, hellbraunen Rauten. Und saß da.

IV

Love is a four-letter-word, klopfte es in ihren Schläfen. Es war eine Zeile aus dem Gedicht einer schwarzen Schriftstellerin, die sie in einem Volkshochschulkurs Englisch einmal aufgeschnappt hatte. Johanna hatte fasziniert, daß diese Zeile nicht zu übersetzen war. Sie entzog sich der Wörtlichkeit, die ausgerechnet das Wort versteckte, das überführt werden sollte. Liebe ist ein Vier-Buchstaben-Wort. Das stimmte im Deutschen nicht. Das Wort »Liebe« hatte fünf Buchstaben, und auch wenn Liebe nur vier Buchstaben hätte wie »Lieb'« zum Beispiel, bliebe der Satz unverständlich. Im Englischen aber, das hatte der alte Lehrer damals erklärt, seien four-letter-words unanständige Wörter, Wörter, die man nicht sagte. Aber selbst wenn man nun frei übersetzte, etwa: Liebe ist ein schmutziges Wort, dann war das doch nur eine leere Behauptung, eine grundlose Unterstellung. L-O-V-E hingegen, das konnte jeder für sich abzählen, an den Fingern seiner eigenen Hand, L-O-V-E hatte vier Buchstaben. Das Wort war gestellt, es gehörte nachweislich in jene besondere englische Kategorie. Das jedenfalls hatte Johanna, die nicht begabt war im Sprachenlernen, sofort eingeleuchtet.

Sie hatte damals mehrere Kurse nacheinander belegt, abends in den Klassenzimmern eines Gymnasiums. Sie war nicht nur wegen des Englischlernens hingegangen. Sie hatte dort auch deutsche Wörter gelernt. Im Abgleichen mit den englischen Wörtern hatte sie sie neu gelernt. Der alte Lehrer konnte ihnen wie selbstverständlich einen anderen Grund geben. Und mit diesen frisch abgesicherten Wörtern konnte auch sie einen besseren Halt finden. Damals hatte sie in der Stadtbibliothek nach Gedichten gefahndet, gierig, als seien es Gebrauchsanweisungen fürs Leben.

Später hatte sie der alte Lehrer manchmal zum Essen eingeladen, und einmal nach so einem Abendessen draußen auf der Straße hatte er sie plötzlich an sich herangezogen und auf den Mund geküßt, hart auf den Mund geküßt, und seine harte Zunge war in ihren Mund gefahren wie ein unförmiger Holzlöffel. Das war das Gegenteil der Worte gewesen. Das Gegenteil von Grund. Sie hatte sich so furchtbar, so bodenlos geschämt, daß sie diese Szene sofort vergessen hatte. Es war einfach nicht geschehen. Sie hatte weiter die Englischkurse besucht, sie war auch noch öfter abends mit ihm ausgewesen, nur hatte sie sich seither einfach immer kleiner gemacht. Begrüßungen und Abschiede überspielte sie mit albernster Munterkeit. L'aprile non c'è più.

Die Waschmaschine war zu einem gleichmäßigen Geräusch übergegangen. Johanna mußte lachen. Warum fiel ihr nun ausgerechnet die Zunge des alten Lehrers ein, hier am Küchentisch, wenige Stunden nach dem Tod ihrer Mutter. Johanna fuhr mit dem Finger den Verlauf der filigranen Girlanden nach, pastellfarbene Streublümchen auf einem dicken Wachstischtuch. Diese Dinge, dachte sie, haben mit uns gelebt. Sie haben ein besseres Gedächtnis als wir. Und sie sind mutiger. Sie behalten mehr, weil sie sich nicht ablenken lassen und weil sie es anders aushalten dazusein.

Und die Wörter, die Wörter sind zwischen uns und den Dingen, seltsame Zwitterwesen. Aber wie es Wörter gibt, die man nicht übersetzen kann, so gibt es Erinnerungen, die da sind und zugleich verschlossen fern. Und doch gibt es keine Oberfläche, dachte Johanna und setzte ihre Fingerkuppen nacheinander auf das Wachstuch, einzeln und senkrecht wie kleine Hämmerchen, es gibt keine Oberfläche.

Sie verließ sich auf diesen Satz, als sei er ein Versprechen. Weil die Dinge noch alles wissen, sind die Geschichten offenbar. Wir müssen sie nur ansehen. Sie werden schon sprechen. Dann legte Johanna ihre Hände flach auf den Tisch, ringlos und nackt.

Diesen Tisch hatte es immer gegeben, nur die Wachstücher hatten gewechselt. Und ein neues Wachstuch, meist im Frühjahr, aber durchaus nicht jedes Frühjahr und auch nicht immer jedes zweite, war ein kleines, feierliches Ereignis gewesen. Die Mutter hatte immer sehr viel Sorgfalt darauf verwandt, ein Wachstuch auszusuchen, was um so erstaunlicher war, als die Kaufhäuser keine große Auswahl boten. Dort gab es fünf oder sechs Wachstücher, Meterware, auf großen Rollen, die übereinander hingen neben den einfachen Sortimenten von Besen, Schaufeln, Wäscheklammern, Putzlappen. Immer kam die Mutter mit der sicheren Überzeugung nach Hause, das einzig mögliche und ein besonders schönes Wachstuch ausgesucht zu haben. Sie muß sich das Wachstuch durch langes Schauen, Vergleichen, Anfassen, Aussuchen schöngeschaut haben. Sie machte es sich vertraut und erhob es in den Zustand des Auserwähltseins.

Mit ihrem Wachstuch erneuerte sie den Küchenraum.
Das frische Wachstuch verströmte seinen süßlich bei-
ßenden Geruch, an den Tischecken stand es in steifen
Falten ab. Mit der Zeit wurde es geschmeidig, es fiel wie
angegossen, seine Blumen verblaßten, es bekam Schnitte
und andere Verletzungen, und bald nahm es den Dunst
von Vater, Mutter, Kind und Großmutter an, die hier
in der Küche aßen und beisammensaßen. Bevor sie sich
setzte, nahm die Mutter das frische Brot, stemmte es
gegen den Brustkorb und schrieb mit dem Daumen drei
Kreuze auf seine Oberfläche. Dann setzte sie das Messer an und schnitt die Scheiben für die Familie ab.
Wenn sie das Brot wieder hinlegte, waren an der Kittelschürze weiße Spuren von Mehl. Die Großmutter trug
keine dieser dunkelgemusterten Kittelschürzen, die den
Leib panzerten und vor Schmutz schützten. Sie war
schon zu alt, um noch praktisch sein zu müssen.
Der Küchentisch war der Altar der Familie und das
Wachstuch seine Altardecke, auf der alle Tage zwischen Kommisbrot und Karo-Malzkaffee Opfer und
Auferstehung gefeiert wurde. Hierher kam man heim
aus der Welt und erneuerte morgens, mittags und
abends den Bund. Hier waren vier in ihrem Namen zusammen.
Sie waren ein labiles Gleichgewicht, eine Kette abhän-
giger Glieder. Und als der Vater aufweinte, mitten im
Frühstück, schluchzend, und als dann in dieses Weinen
die Mutter hineinweinte, leiser, nasser, und über ihre
Wangen lief es hinunter, daß es sogar auf das birnenför-
mige Holzbrettchen tropfte, und wie die Großmutter
dann noch starrer wurde und reglos die Hände neben

ihr Brettchen hielt, da wußte das Kind, daß es selbst nun weiteressen mußte. Wenn es weiteraß, konnte es alles halten, die Familie und alles. Es würde weitergehen. Es mußte nur einfach weiteressen. Und es sammelte all seine Kraft und schnitt langsam seine Scheibe Kommisbrot mit den Kümmelsamen und der rosa Schicht Mettwurst auf dem birnenförmigen Holzbrettchen in gleichmäßige Reiterchen, und es steckte sich ein Reiterchen in den Mund und kaute. Es sah auf das Brettchen und das Messer, und es kaute das bröselig salzige Brot. Und schluckte, und dann noch ein Reiterchen, und kaute und schluckte. Ich muß nur weiteressen, dachte es. Und wie es dasaß und das Brot aß, hörte nach und nach das Weinen auf, zuerst hörte der Vater auf, dann die Mutter, und zuletzt rührte sich auch die Großmutter wieder. Und dann wischte sich die Mutter mit der Hand über die Augen und zog ein Taschentuch aus ihrer Kittelschürze. Und der Vater wischte sich nicht über die Augen, weil er sich schämte. Er fing aber auch an, die Brotscheibe zu schneiden. Und da konnte das Kind wieder aufhören mit Kauen. Und die Großmutter sah mit weiten Augen hinter ihrer Brille auf ihr Brettchen mit dem Brot, wie jemand, der nichts mehr sieht.

Sie waren eine kleine Familie, Vater, Mutter, Kind und Großmutter. Die Großmutter war fast so lange da wie der Wäschepuff und der Küchentisch, also schon immer. Für Johanna gab es keine Erinnerung, die in eine Zeit vor der Großmutter zurückreichte. Fast keine.

Einmal hatte es einen Großvater gegeben. Er wohnte nicht wie die junge Familie in einer der Neubausiedlun-

gen am Stadtrand, sondern zusammen mit der Großmutter in einem alten Viertel der Vorstadt. Man ging
durch ein Hoftor über einen kiesbeworfenen Hinterhof und dann eine sehr schmale Holzstiege hinauf.
Oben gab es eine kleine Küche und einen Raum, in dem
der Großvater dann im Bett lag. Bevor er im Bett lag,
saß er in einem anderen kleinen Raum. Dort hatte er
eine dunkelblaue Schürze um und strich mit einem
Pinsel Leim auf Leder, oder er hämmerte über einem
schweren eisernen Schusterbock kleine Nägel in Schuh-
sohlen. Wenn Johanna kam, gab er ihr ein Hämmerchen und eine Blechdose mit solchen Nägelchen. Beide
hockten dann übers Eck nebeneinander auf einer nie-
deren, schmalen Holzbank inmitten der aufgehängten
Lederlappen in allen Farbtönen von Braun, Schwarz
und Blau und den Regalen mit den Leimtöpfen und den
Kisten und Dosen voller Nägel in verschiedenen Stärken und Längen. Und wie es im Weltraum schwarze
Löcher gibt, die niemand denken kann, so gibt es auf
der Erde, das wußte Johanna, blinde Stellen des Para-
dieses. Eine von ihnen riecht nach Leder, Leim, Metall
und dem Schweiß des Großvaters, der sich freut, daß
das Kind da ist.
Man hatte es dem Kind erst später gesagt, es war ein
Sonntag, und Vater und Mutter zogen sich nach dem
Kirchgang um, und der Vater sagte immer wieder, man
solle es dem Kind nun doch sagen, bis die Mutter dann
sagte, sie zog gerade den schwarzen Rock über die
Hüfte herunter, und man sah ihr weißes Unterkleid aus
glattem, knisternd-rutschigem Stoff, dann sag du es
ihm doch, und man sagte dann dem Kind erst, daß man

25

es ihm nicht gesagt hatte, weil kleine Kinder das noch nicht verstehen, also – der Vater sagte es, während die Mutter nun umständlich an der Bluse nestelte –, also der Großvater sei gestorben.

Und das Kind verstand das tatsächlich nicht. Und es fragte sofort: Ja wann denn? Und dann sagten sie, daß das schon eine ganze Weile her sei. Und das erste, was das Kind nun verstand, war, daß es um eine ganze Weile betrogen worden war. Sie hatten ihm eine ganze Weile weggenommen. Es hatte in einer falschen Ordnung, in einer falschen Zeit gelebt; es hatte mit einem Großvater gelebt, der schon tot war.

Damals muß es angefangen haben, daß sich die Dinge verschoben. Alles hatte so etwas wie einen doppelten Boden bekommen. Denn das, was war, konnte schon ganz anders sein, nur wußte das Kind es noch nicht.

Die Mutter begann nun, mit dem Kind täglich zum Friedhof zu fahren. Sie setzte es vorne in einen korbgeflochtenen Fahrradkindersitz und radelte los. Sie sang jetzt nicht mehr.

Die Mutter hatte eine schöne, sehr klare Sopranstimme gehabt, und früher, bevor sie mit dem Kind zum Friedhof fuhr, hatte sie auf dem Fahrrad immer gesungen. Ganz laut gesungen: »Und in dem Schneegebirge« oder »Jetzt fahrn wir übern See« oder »Zwischen Berg und tiefem, tiefem Tal« oder »Auf einem Baum ein Kukkuck«, und wenn es kalt war, auch »Schneeflöckchen, Weißröckchen«, und viele andere Lieder, und das Kind war am Lenker zwischen den Armen der Mutter gesessen wie in einem Nest, vor ihm die rasende Straße, hinter ihm die Stimme der Mutter, und in dieser Stimme mit den märchenhaften Worten vom »Brünnlein kalt, und wer daraus getrunken, ist jung und nimmer alt« und der »hölzern' Wurzel, Wurzel, Wurzel« und dem totgeschossenen Kuckuck, der dann wieder da war, hatte im Fahrtwind das große Orchester der Welt gerauscht. Damals war alles möglich gewesen, und unter dem adventlichen Aufjubeln »Macht hoch die Tür, die Tor macht weit« waren sie beide mit dem Fahrrad umstandslos aufgestiegen in den Himmel.

Von nun an blieben die Fahrradfahrten stumm. Da die junge Familie in einem anderen Stadtteil wohnte, war der Weg zum toten Großvater weit. Eine knappe Stunde vielleicht. Wenn Johanna jetzt nachdachte, konnte sie sich nicht erinnern, mit ihrer Mutter je auf einem Spielplatz gewesen zu sein. Wenn die Mutter nicht putzen mußte, verbrachten beide ihre Nachmittage und die Sommerabende auf dem Friedhof.

Ein Grab lebt. Es braucht viel Pflege. Der Großvater, sagte die Mutter, habe blaue Stiefmütterchen gemocht; deshalb legte die Mutter das Grab mit Stiefmütterchen an, meist blaue, aber manchmal auch blaue und gelbe. Stiefmütterchen, erklärte die Mutter, seien Blumen mit Gesichtern. So bekam das Grab des Großvaters blaue und gelbe Augen.

Es war nicht einfach, die richtigen Stiefmütterchen zu kaufen. Immer wieder drehte die Mutter so ein Stiefmütterchen nach allen Seiten um und schaute, ob es neben den geöffneten Blüten auch noch genügend neue Knospen habe. Es mußte auch kräftig wirken, und im Zweifelsfall entschied sich die Mutter immer gegen die offenen Blüten, weil die ja schon bald verblüht seien, und für die Knospen. Die sähen jetzt vielleicht nicht so schön aus, kämen aber noch und seien also länger da. Am einzelnen Stiefmütterchen war das Verhältnis von aktuellem Entwicklungsstand zu seiner zukünftigen Blüte oft schwer zu entscheiden. Und die Mutter nahm immer wieder ein Stiefmütterchen mit Erd- und Wurzelballen hoch, um es nach ihrer Prüfung in das Kistchen zu den anderen zurückzusetzen und ein neues herauszuziehen.

Bei diesem sorgfältigen Aussuchen der Stiefmütterchen konnte es der Mutter aber nicht nur um die Pflanzenqualität gegangen sein. Vielmehr war es so, als habe die Mutter sich immer gescheut, etwas zu kaufen, weil etwas zu kaufen hieß, ein Fremdes aufzunehmen. Und diesen Schock des Einbruchs eines Anderen konnte sie für sich vielleicht abmildern, indem sie sich mit diesem Anderen, den Stiefmütterchen zum Beispiel, die auf dem Grab ihres Vaters blühen sollten, vor dem Kauf vertraut machte. Sie kaufte dann etwas, das sie schon kennengelernt hatte, etwas, das durch ihre Sorgfalt und Aufmerksamkeit bereits begonnen hatte, zu ihr zu gehören und ein Teil ihrer Welt zu sein. Sie verwandelte sich die Dinge an, dachte Johanna, sie verschmolz sie in eine Mutterlegierung.

Die endlich ausgesuchten Stiefmütterchen, die dann genau die richtigen waren, mußten nun noch an den richtigen Stellen auf dem Grab eingepflanzt werden. Dabei war wiederum zu bedenken, daß die Stiefmütterchen wachsen würden. Da die Mutter sparte, kaufte sie nur eine Minimalmenge von Stiefmütterchen, fünf, höchstens sechs (in dem Falle nämlich, wenn es Mengenrabatt gab). Nun war darauf zu achten, daß die Abstände zwischen den Stiefmütterchen stimmten. Und wie es sein mußte, damit sie stimmten, wußte allein sie mit ihrem Blick. Die Mutter hatte den richtigen Blick, und sie hatte, was sie ebenfalls auszeichnete, einen »siebten Sinn«. So nannte sie es. Oft wußte sie etwas, das sie gar nicht wissen konnte. Aber sie wußte es, weil sie den siebten Sinn hatte. Der siebte Sinn war ihre nicht zu hinterfragende Macht. Und wenn sie sich einmal getäuscht hatte, fiel das kaum auf, weil sie sofort wieder etwas anderes ganz sicher wußte.

Das Grab des Großvaters hatte auf der rechten Seite rosa Buntsandsteinplatten, vier Stück, die die Mutter so angeordnet hatte, daß sie rautenförmig auf der Spitze standen, die Steine auf der linken Seite, die natürlich häßlicher waren und parallel gelegt waren, gehörten zum nächsten Grab und waren von den Angehörigen des dort begrabenen Toten zu betreuen. Die Mutter legte viel Wert darauf, daß die Platten sehr sauber waren, sie duldete keine Erdkrümel oder aufsprießenden Grashalme. Die Platten wurden täglich mit einem kleinen Tischbesen abgefegt und später mit der Gießkanne übergossen. Das durfte nur sehr behutsam geschehen, sonst spritzte leicht Schlamm hoch, oder ein zu starker Gießkannenschwall überspülte die angrenzende Platte wieder mit Erde.

Auf dem Grab zwischen den Stiefmütterchen mußte die Erde ganz locker geharkt liegen, etwaiges Grün, das nicht zu den Stiefmütterchen gehörte, wurde ausgezupft. Wenn die Mutter beobachtete, daß die Blätter

der Stiefmütterchen kleine Löcher bekamen, suchte sie
nach Schnecken. Sie klaubte die glitschigen Körper ab
und warf sie über die Friedhofsmauer, die hinter den
Gräbern auf der gegenüberliegenden Seite des Wegs begann. Wenn es zu schlimm wurde mit den Schnecken,
streute sie auch ein wenig Schneckenkorn. Das tat sie
nicht gern, denn sie wollte kein Gift auf dem Grab.
Und das Kind sah die gelbgrüne Packung, die es nicht
anfassen durfte, auch wenn das Wort »Schneckenkorn«
doch eigentlich freundlich klang, so als bekämen die
Schnecken nun ihr Brot.

Das wichtigste am Grab aber war der Grabstein, ein
schwarzer glattpolierter Stein, von dem die Mutter immer sagte, wie besonders schön er sei. Es kam einem
bösen Ereignis gleich, wenn Amselkot an seiner schim-
mernden Oberfläche in klumpigen Fließtropfen fest-
klebte. Johanna hatte weder als Kind noch später gesehen, daß dieser Stein in irgendeiner Weise besonders
war oder gar besonders schön. Es war ein Grabstein
wie andere, dunkelernst mit goldenen Schriftzügen und
einer goldenen, geknickten Ähre. Als Kind hatte er sie
an den steifen Sonntagsanzug erinnert, den der Großvater trug, wenn er das Kind zum Frühschoppen mitnahm
und ihm dann am Tresen aus dem Kugelglas mit einer
knirschenden Drehbewegung am Griff rotkandierte
Erdnüsse in die offene Hand rollen ließ. Die Mutter aber
muß den Grabstein geliebt haben als einen marmor-
glühenden Statthalter des Großvaters auf Erden.

Hinter dem Grabstein steckten die kleinen Gerätschaf-
ten für die Grabpflege: eine Harke, ein Löffel, ein Lap-
pen, eine Schachtel Streichhölzer in einer Plastikfolie

und eine grüne Plastikblumenvase mit Stiel zum Einstecken in die Erde. Den Tischfeger brachte die Mutter jedesmal in ihrem Friedhofsbeutel mit, in den sie auch ihre Geldbörse steckte. Sein Holzgriff würde bei Lagerung im Freien gelitten haben. Außerdem konnte sie so seine Besenhaare zu Hause immer wieder auswaschen.

Wenn es heiß war, schleppte die Mutter vier große, weißblechgraue Friedhofskannen vom Brunnen zum Grab. Es war, wie die Mutter betonte, ein weiter Weg. Den Rest des Gießwassers, wenn die Kanne schon leicht war, durfte das Kind auf das Grab gießen. Es mußte aber aufpassen, daß es die Kanne mit der großen Gießrosette weit genug von sich weghielt, damit es sich nicht naß machte.

Wenn zu Ende gegossen war, gingen Mutter und Kind zu einer Friedhofsbank, die einige Gräber vom Grab des Großvaters entfernt stand. Da saßen sie dann nebeneinander. Die Mutter, eine Frau von fünfunddreißig Jahren, aufrecht und still. Und das Kind, keine vier, etwas zappelig. Die Mutter hatte die Füße eng aneinandergestellt. Das Kind schaukelte mit den nackten Beinen. Seine Kniestrümpfe waren heruntergerutscht. Es trug perfekte Schnürstiefelchen, über dem Knöchel leicht erhöht, innen mit feinem weißem Leinenstoff exakt gefüttert, die Futternähte unsichtbar, die 2 mal 6 sauber eingehämmerten Ösen blinkend wie Schmuck. Die niedrigen Absätze waren aus verschiedenen Lederschichten aufgebaut und genagelt. Wie alle Schuhe, die der Großvater für das Kind gemacht hatte, waren auch diese letzten Stiefelchen blau, dunkler blau als Kornblumen, aber heller blau als die Stiefmütterchen für sein Grab.

Das Gießen des Grabes war einer der Gründe für die täglichen Friedhofsbesuche. Während des schlechten Wetters darf ein Grab aber nicht verschlammen oder von Unkraut überwuchert werden. Das war ein anderer. Im Winter muß ein Grab mit Reisig abgedeckt werden, und dann muß ein ewiges Licht brennen, damit der Tote zu den anderen Toten gehörte, an die gedacht wurde. Dann lag über dem Friedhof ein zitternder Schimmer von roten Lichtlein, ein züngelndes Gedenken, und es galt als ein Glückszeichen, wenn das Wachs am anderen Tag gut heruntergebrannt war und das Licht also nicht etwa vorzeitig vom Wind ausgeblasen worden war. So gab es zu allen Jahreszeiten alle Tage Gründe, auf den Friedhof zu fahren. Wenn es kalt war, zog die Mutter das Kind dick an und setzte es trotzdem in den Fahrradsitz, nur wenn richtig Schnee lag und die Straßen vereist waren, nahmen sie die Straßenbahn.

Johanna war sich damals und lange Jahre freilich nicht klar darüber gewesen, daß eine Mutter gewöhnlich nicht jeden Tag mit ihrem kleinen Kind auf den Friedhof fährt. Erst Albi hatte diesen Umstand sehr viel später an einer der langen Leichenschmaus-Tafeln von einem Toten von »Zuhaus« beiläufig erwähnt. »Weißt du«, hat sie gesagt, »das war ja verrückt, wie sie mit dir jeden Tag zum Grab vom Großvater gefahren ist. Aber sie hat können nichts anderes machen.« Und dann hatte Albi sich noch ein rechteckiges Stück von dem großen Blech voll aufgeschnittenem Zwetschgendatschi mit Streuseln genommen, und Johanna hatte ihr die Schüs-

sel mit dem Schlagobers hingehalten. Vielleicht hat
Albi recht, hatte Johanna gedacht. Albi war auch noch
von »Zuhaus«, eine Cousine der Mutter, wenn auch
zehn Jahre jünger. Und als Johanna die Sahneschüssel
wieder abgesetzt hatte, waren ihr die Fahrradfahrten
auf den Friedhof zum ersten Mal als etwas Besonderes
erschienen, etwas, das ganz vertraut und selbstverständlich gewesen war und jetzt am Kaffeetisch eine
flüchtige Verschattung bekam. Johanna hatte nicht
weiter darüber nachgedacht, und als sie am Abend bei
den rosa Wurstbroten mit Mayonnaisehäubchen und
Ei- und Gurkenscheiben wieder neben der Mutter saß,
war die Bemerkung schon vergessen.

Woher soll ein kleines Kind, dachte Johanna, ein Kind,
das erst anfängt zu leben, denn wissen, was ungewöhnlich ist?

V

Sie stand auf und ging hinüber ins Wohnzimmer. Sie
wich den Blicken der Katzenphalanx aus. Sie hörte das
Rauschen der fernen Autobahn und schloß das Fenster. Auf den Balkonen und hinter den Scheiben der
gegenüberliegenden Wohnblocks regte sich nichts. Die
Straße schien eingeschmolzen in einer spätsommer-
lichen Sonntagnachmittagsagonie. Wie soll ein Kind
auf die Idee kommen, es könne ungewöhnlich sein, wie
ungeheuer die Mutter ihren Vater, den Schuhmachermeister, geliebt hat? Und auch wie ungeheuer es selbst,
das Kind, von ihr geliebt wurde? Das Kind wuchs auf
unter der Liebesgewalt der Mutter. Und später muß es
ihm fraglos selbstverständlich gewesen sein, daß die
Mutter sich immer stärker festlieben mußte, je größer
es selbst wurde. Das Kind war zum Haus der Mutter
geworden.
Sie hat kein Zuhause mehr akzeptiert, dachte Johanna,
weil sie von Zuhaus war. Mit dem Wort »Viehwaggon«
hatte sie eine Lebensgrenze gezogen. Viel mehr sagte
sie nicht. Und dann hat sie sich darangemacht, Gegen-
welten zu schaffen, mütterliche Paradiese zwischen
Küchentisch und Grab. Und wenn sie morgens beim
Milchkaffe die Zeitung aufschlug, dann von hinten.
Erst las sie die Todesanzeigen, dann die Sonderangebote.
Dann schlug sie das Blatt wieder zu.
Allerdings hatte es im Mutterkokon Sätze gegeben, die
Johanna schon immer verstanden und wissend gehaßt
hatte, nur waren das spätere Sätze, keine Kindersätze,

sondern Sätze, die die Mutter sagte, als Johanna bereits aufs Gymnasium ging und anfing, richtige Freundinnen zu haben. »Du bist aus mir herausgekrochen, du wirst immer mein Kind bleiben« war so ein Satz. Die Mutter konnte diesen Satz um so öfter sagen, je wichtiger die eine oder andere Freundin wurde. Und sie sagte nicht: »Ich habe dich geboren, du wirst immer mein Kind bleiben.« Nein, sie bestand auf dem Wort Herauskriechen, das ja das andere, das nicht ausgesprochene Wort Mutterloch mit sich führte und das Kind von Anfang an unter die nicht übersetzbare, peinliche Herrschaft des four-letter-word stellte.

Es kann keine Liebe geben ohne Freiheit, dachte Johanna. Und dann dachte sie, wie albern das klang, hier am Wohnzimmerfenster über den fein rosa geschwungenen Alpenveilchen. Aber vielleicht war es ja genau das. Heimlich begann der Schmutz, heimlich mit dem heimlichen Zwang. Und was war denn der Zwang in der Liebe? Das Wort »herausgekrochen« zum Beispiel. Nie hätte die Mutter »Ich habe dich geboren« gesagt. Der Satz wäre einfach am »Ich« gescheitert. Die Mutter kann von der Geburt ihres einzigen Kindes nicht den Eindruck zurückbehalten haben, daß sie selbst es war, die ein Kind geboren hatte. Es war ihr nur furchtbar geschehen. Es war eine Sturzgeburt, konnte sie sagen, als spreche sie von einer Vergewaltigung. Allerdings sagte sie das immer im Zusammenhang mit der Tatsache, daß ihr Mann, der werdende Vater, zu der Zeit, da sie in die Klinik mußte, in der Fabrik war und von allem nichts wußte. Das Kind kam drei Wochen zu früh. Als sie das Taxi rief, dachte sie an ihn. Es war kurz vor seiner Mittagspause. Und da rief sie von der Telefonzelle aus auch noch schnell ihre Schwiegermutter an, die ein eigenes Telefon besaß, und bat, sie möge ihm doch Bescheid geben, er habe gleich Mittagspause. Die Schwiegermutter versprach es, aber sie muß sich dann doch eher als Mutter ihres Sohnes denn als Vertraute ihrer Schwiegertochter verstanden haben. So ließ sie sich Zeit. Warum den jungen Mann verrückt machen, wird sie sich gedacht haben, er würde es schon noch erfahren, wenn das Kind da war. Und dann war es aber, konnte die Mutter nun in immer frischer Empörung sagen, dann war es aber eine Sturzgeburt. Sie hätte schließlich schon tot sein können, bevor er auch nur gewußt hätte, daß sie in die Klinik gekommen war. Sie hatte gelitten, und er hatte nicht einmal an sie denken können! Im nachhinein erst hatte sie unter steigender Wut begriffen, wie allein sie gewesen war, weil er keine Ahnung hatte. So hatte sich die Schwiegermutter durch ihr Schweigen etwas genommen, das nicht ihr gehörte, sondern allein dem Paar. Und die Geburt des Kindes, ihre Geburt, war geimpft mit dem Keim von Eifersucht und Macht.

Der Sieg der Schwiegermutter über die Gebärende war offensichtlich gewesen. Die Mutter mußte ihn sich gemerkt haben. Wenn ihr schon der Mann nicht ganz und gar gehörte, so würde sie sich dieses Kind nicht und von niemandem nehmen lassen. Zumal ein Kind, für das sie so hatte leiden müssen.

Sie hatte in einer Marienklinik entbunden. Nein, nicht weil sie in einem kirchlichen Sinne religiös gewesen wäre. Der Papst war für sie keine Autorität. Und auch

nicht, weil die Schwiegermutter bigott war und es so
gewünscht hätte, nein, dagegen hätte sie sich schon ge-
wehrt. Es war nur wegen der Schuhe gewesen, wegen
der Verbindlichkeit um die Schuhe. Ihr Vater, der nach
der Vertreibung in der neuen Stadt gleich wieder begonnen hatte, als Schuhmacher zu arbeiten, hatte in
einem der Ärzte der Klinik einen sehr guten Kunden
gehabt. Und warum hätte sie denn auch nicht in einer
kleinen, überschaubaren Klinik entbinden sollen? In
das städtische Krankenhaus gingen doch alle. Vielleicht
hatte sie sich einreden können, eine Geburt in der privaten Marienklinik sei als Privileg zu verbuchen. Dann
aber waren diese Schwestern monströs gewesen, kalt
unter ihren weit abstehenden Hauben. »In Schmerzen
sollt ihr eure Kinder gebären«, hatten sie gelassen zi-
tiert, als sie schreiend dalag.

Und dann sei es eine Sturzgeburt gewesen, und mit
einem Schwall sei das Kind dem Arzt entgegengefallen.
Bis zum After sei sie dabei aufgerissen und der Arzt sei
von oben bis unten voll Blut gewesen, ganz voll Blut.
Diese Geschichte hatte die Mutter immer wieder in allen Varianten erprobt, bis zu dem Johanna peinigenden
Schluß, daß sie dann auch noch schlecht genäht worden
sei, so daß es ihr seither nicht immer gelinge, ein Puzzele
zurückzuhalten. Diesen Nachsatz hatte sie etwas leiser
gesagt, um dann in ein letztes Crescendo zu fallen. Drei
Tage lang sei sie im Blut gelegen, und wenn sie nur die
große Zehe bewegt hätte, habe sie gespürt, wie das Blut
davongelaufen sei. Diese Geschichte hatte eine solch
rhetorische Wucht, daß sie auch noch wirkte, als Johanna schon leise Zweifel an ihrer Plausibilität kamen.

Puzzele, dachte Johanna. Puzzele war ihr Wort für Furz. Puzzele war aber auch ihr Wort für ein noch kleines Kind. Wir waren einander, dachte Johanna, ein Verdauungsproblem.

Ihr Kind habe sie zunächst nicht sehen wollen; zu sehr hatte es sie verletzt. Aber später dann, als man ihr einmal ein anderes brachte, habe sie nicht erst auf das Bändelchen am Handgelenk sehen müssen. Das ist nicht mein Kind, habe sie der Schwester mit dem Bündel entgegengerufen, tun Sie es fort. Und die Schwester habe ihr dann auch gleich das richtige gebracht. Das muß, dachte Johanna, meine eigentliche Geburt gewesen sein, dieser Moment, da die Mutter ein Kind entschieden als das falsche erkannte und zurückwies. Sie hatte sich ihr eigenes bereits vertrautgeschaut. Es hatte begonnen, in die Mutterlegierung eingeliebt zu werden. Jetzt war die Mutter tot. Wenn sie immer ihr Kind bleiben würde, war sie also das Kind einer Toten. Und der Tod würde auf sie übergehen. Sie hatte ihm schon entgegengeatmet, ihn inhaliert.

Aus einer Toten aber konnte sie weder herausgestürzt noch herausgekrochen sein.

Oder doch?

»Pathologisch«, hatte der Pfleger gesagt und ihr direkt ins Gesicht gesehen. Und sie hatte es wie von ferne gehört. »Entspann dich«, hatte sie zur Mutter hin gesagt, »entspann dich« und »ganz weit werden, ganz weit werden«. Und sie hatte geatmet, damit die Mutter atme, geatmet, bis ihr schwindelig wurde.

Nein, Johanna weinte jetzt nicht. Sie war zu verwundert, um zu weinen.

VI

Sie konnte sich nie richtig erinnern. Das war irgendwie peinlich und deshalb hatte sie lange so getan, als mache es nichts. Im normalen Leben bemerkt es niemand, ob man sich erinnern kann. Und so mußte sie nicht darüber sprechen. Es fiel ihr auch kaum auf; nur manchmal wunderte sie sich, daß andere sich offensichtlich erinnern können. An früher. Daran, wie es war, als sie klein waren. Ich bin nie klein gewesen, dachte sie dann. Und fand es peinlich. Deshalb sagte sie es auch nicht, sondern tat so, als sei nichts. Andere haben eine Kindheit. Sie nicht. Ja und? Das war ihr Geheimnis. Denn das gibt es ja nicht, daß einer nie klein war.
Aber sie konnte sich nicht erinnern. Doch das mußte niemand merken.
Oder sie kann sich nur an ganz wenig erinnern, an wenig, das nicht zusammenhängt. Aber sie hatte keinen Unfall, keine Krankheit. Es ist ihr nichts Schlimmes passiert. Es ist nur so, daß sie sich nicht erinnern kann. Natürlich muß sie, wie andere auch, einmal ein Kind gewesen sein. Und es gibt ja Bilder, von denen sie weiß, daß sie zu einem früheren Leben gehören. Und doch sind sie ihr ferner als nur fern in der Zeit, so als gehörten sie zwar zu ihr, aber ohne ihr zu gehören. Sie war auch schon auf den Gedanken gekommen, daß sie es nicht wert war, eine eigene Kindheit zu haben. Ein komischer Gedanke eigentlich.
Vielleicht war ihr also doch etwas geschehen, aber das Schlimme war nicht schlimm, weil es selbstverständlich

war, sanft. Gibt es sanfte Verbrechen? Mit einem Kind läßt sich vieles machen. Wie kann ein Kind denn wissen, was schlimm ist? Für das Kind ist normal, was die Eltern tun. Es muß mittun bei dem, was die Eltern tun und mit ihm tun. Ihre Welt ist die seine. Wenn ein Kind groß wird, darf es die Welt der Eltern verlassen. Wenn es das kann. Weltern, dachte sie und mußte lachen. Man müßte das Wort Weltern erfinden.

Johanna war jetzt sehr müde. Die Membran zwischen dem Leben und den Wörtern war ganz dünn geworden. Die Dinge und die Wörter gingen ineinander über. Die Wörter wurden überzeugend wie ein Grammophon oder ein Glasschüsselchen, zum Beispiel. Später, dachte Johanna, später kommt das Grammophon und das Glasschüsselchen, später.

Die Waschmaschine hatte zu pumpen begonnen. Sie würde gleich das erste Mal spülen. Johanna mußte ins Bad gehen. Die Mutter hatte Wert darauf gelegt, daß der Abfluß der Waschmaschine nicht direkt in ein Rohr in der Wand gelegt wurde, sondern offenblieb, so daß der Abflußschlauch beim Spülen in das Waschbecken eingehängt werden mußte. Nur so konnte die Mutter das abfließende Schmutzwasser, das ja immerhin gute Seifenlauge war, auffangen, um etwa Putzlumpen darin einzuweichen. Da sie sehr sauber war, nahm sie allerdings nur das Wasser des zweiten Spülgangs. Wollte man es weiterverwenden, mußte also das Spülwasser abgepaßt werden, das war das eine, zum andern und vor allem aber durfte man nicht vergessen haben, den Schlauch wirklich ins Waschbecken einzuhängen, weil sonst das Wasser auf den Badezimmerboden lief und die Wohnung überschwemmte. Obwohl die Mutter immer wieder geklagt hatte, daß das Waschen auf diese Weise kompliziert war – sie wollte schon aus Sicherheitsgründen immer dabeisein, wenn das Spülwasser kam, auch das erste, das sie nicht nahm –, konnte sie doch nichts von diesem Waschprinzip abbringen.

Johanna sah, wie die milchblaue Lauge ins Becken einströmte, sich dort ein wenig staute und dann glucksend abfloß.

Manchmal war sie mit der Mutter bei einer Tante gewesen. Und wenn sie dort auf die Toilette ging, eine Toilette, die auch Badezimmer war, standen neben der Toilettenschüssel immer verschiedene Eimer mit Wasser. Die Tante sammelte alle Bade- und Küchen- und Waschwasser und betrieb damit die Toilettenspülung. Wenn das Kind kam, durfte es aber schon einmal auf den Wasserhebel drücken, weil man ihm nicht zumuten wollte, die schweren Eimer zu heben.

Als die Tante viele Jahre später starb, als kinderlose Witwe, die ihr ganzes Leben gearbeitet hatte, hinterließ sie ein beträchtliches Vermögen. Es war nicht Not gewesen, die sie gezwungen hatte, das Wasser aufzufangen, auch nicht Geiz, Johanna hatte die Tante als großzügige, herzliche Frau kennengelernt. Es muß etwas anderes gewesen sein, dachte Johanna. Sie konnte, warum auch immer, das Wasser nicht einfach so davonfließen lassen. Wie die Mutter, die Großmutter und der Großvater war auch diese Tante – und ihr Mann, ein Bruder des Großvaters, der bald starb – noch von Zuhaus.

Als Johanna sah, daß der Abfluß des Wassers funktionierte, ging sie ins Wohnzimmer. Sie sah das cremefarbene Telefon, dessen Verlängerungsschnur sich in vielen Schlingen am Boden wand, und überlegte, ob sie jemanden anrufen solle. Es war kurz nach 17 Uhr. Instinktiv zog sie die Schultern hoch, als sie sich auf das breite Ledersofa setzte, unter die Katzen und Kissen. Sie sah hinüber zu der Wohnzimmervitrine, hinter deren Glas nie benutzte Kristallgläser standen und nie benutzte bunte Teegläser und kleine Blumenvasen mit gehäkelten Blumen und zwei weiße Porzellanrehe, die nebeneinander auf einem Sockel asten.

Normalerweise hätte sie jetzt ihre Mutter angerufen und ihr diesen Tag erzählt. Dann durchfuhr sie ein Ziehen, wie bei einer ungeschickten Bewegung, als ihr einfiel, daß sie der Mutter nun nichts mehr würde erzählen können.

VII

Sie waren eine kleine, tapfere Familie: Vater, Mutter, Kind und Großmutter. Sie waren eine Familie, der es schlechtging, und sie war das Kind in der Familie, das es gut hatte. Im Grunde war sie, dachte Johanna, das Kind für das Glück. Weil sie da war, waren sie eine richtige Familie. Weil sie fröhlich war, waren sie eine gute Familie. Auch wenn es ihnen schlechtging. Ihre Eltern hatten alles richtig gemacht, wenn sie gelang. Natürlich gelang sie, auch wenn sie seltsam wenig galt. Sie hatte keinen Krieg erlebt, sie wußte nicht, was Hunger ist. Sie hatte keine Ahnung von Zuhaus. Sie hatte es nichtswürdig gut. Sonntags gab es dunkelgelbe kalifornische Pfirsiche aus der 500-Gramm-Dose, leicht gesüßt. Und Kalten Hund, ein Schichtgebäck aus Bahlsenbutterkeksen mit in Kokosfett aufgelöster bitterer Schokolade. Sie wurde ein pummeliges Kind. Sie mußte stillsitzen und aufessen. Sie aß auf, weil die Eltern gehungert hatten, geradeso, als könnte sie im nachhinein noch deren Hunger verschlingen. Die Mutter war stolz darauf, das Kind, als es noch sehr klein war, mit dem Bilderbuch zum Essen gebracht zu haben. Immer wenn es selbstvergessen vor einer Szene wie »Miezekatz muß Mäuse jagen, Pferdchen zieht den schweren Wagen« staunte, schob sie ihm den Löffel hinein. Es gibt diese Fotografie, dachte Johanna, wo ich auf ihrem Schoß über dem Bilderbuch gefüttert werde. Die Mutter strahlt siegesgewiß in die Kamera, das Kind schaut gestopft.

Die Mutter war stolz gewesen auf ihr kleines Kind, das sie sich formte nach ihrem Bilde. Ein medizinisches Wunder, habe die Kinderärztin gesagt, das sei ein medizinisches Wunder, daß ein zweijähriges Kind schon alles so fließend sprechen könne. Die Mutter aber hatte nur gelächelt. Das war kein medizinisches Wunder. Das war sie. Sie hatte mit ihrem Kind gesprochen, von Anfang an hatte sie ihm alles vorgesprochen, langsam und eindringlich vorgesprochen. Ihre gemeinsamen, ihre innigsten Augenblicke waren Worte gewesen, Worte aus dem Muttermund in das mund- und augenoffene Kindergesicht.

Johanna wollte das Fotoalbum holen, doch dann blieb sie im Sessel liegen, schwindelig von der Hitze und zu träge, um aufzustehen, zum Sekretär zu gehen und das klirrende Glas der oberen Vitrine zurückzuschieben, hinter dem die beiden Alben standen. Das eine, das großformatige, dünnere mit den schwarzen starken Blättern, hatte der Vater während der fünf Jahre Verlobungszeit angelegt. Das andere, dickere, mit den knisternden Schutzpapieren zwischen den Fotoseiten, begann mit ihr. Die wenigen Hochzeitsaufnahmen am Anfang täuschten nicht darüber hinweg, daß dieses Album die Chronik eines Kindes war, das das einfache Ehepaar in den höheren Stand der Familie erhob.

Es gab noch eine dritte Ordnung von Bildern, das waren die Fotografien in der Pappkartonkiste im Eckschrank. Sie lagen zwischen den Schachteln mit dem Christbaumschmuck, den Schachteln mit den Ersatzbirnen, den Verlängerungskabeln, dem gefalteten Einpackpapier und dem aufgebügelten, gerollten Geschenkpapier, den Kerzenstummeln und den Kerzenuntertellern, den Vasen, den Dosen mit Döschen und den Kisten mit Kistchen ungeordnet durcheinander. Das waren die Bilder von Zuhaus.

Die Fotografien im Familienalbum zeigten das Kind mit rutschenden Kniestrümpfen, im steifen Sonntagsmantel oder in selbstgestrickten Faltenröcken aus aufgetrennter Wolle. Schön ist nicht notwendig, hatte die Mutter immer wieder gesagt. Schöne Kinder seien gefährdet, wie schnell würden sie eitel. Deshalb sei Ballett auch schlecht für Mädchen, es verderbe die Füße und vor allem den Charakter. Solange es klein war, ließ die Mutter dem Kind die Haare sehr kurz schneiden. Sie nannte es gern nach einer gezeichneten Igelfigur aus der Fernsehzeitschrift. Dieser Igel war androgyn und patent. Er war unkompliziert. Die Mutter wollte ein unkompliziertes Kind, damit sie einen sicheren Partner hatte. Ein empfindliches, gar ein selbstverliebtes Kind würde ihr nichts genutzt haben. So machte sie es sich stark.

Der Vater war schwach. Letztlich war er an allem schuld, und deshalb war es besser, man beachtete ihn nicht. Morgens ging er fort, noch bevor das Kind aufstand, und abends kam er heim, wenn es schon im Bett lag. Irgendwie störte der Vater in der Familie. Nur braucht eine Familie, um eine richtige Familie zu sein, einen Vater. Deshalb hatten sie ihn.

Der Vater hatte noch einen Makel, den das Kind zwangsläufig mit ihm teilte. Der Vater war nicht von Zuhaus. Die Mutter hatte ihn nach dem Krieg in der Straßenbahn in der fremden Stadt kennengelernt, einen jungen Herrn, der ihr den Sitzplatz angeboten hatte. Die Mutter hatte dicke schwarze Locken, die sie in langen, lockeren Zöpfen über einem zu großen Wintermantel trug. Der Vater sah nicht, daß sie unglücklich war. Er hob den Hut mit der steifen Krempe, und sie sah nicht, daß er schwach war. Johanna kannte die winzigen Schwarzweißfotografien der Box mit ihren Mausezähnchenrändern.

Der Vater war schwach, aber stark genug, sich immer wieder das Leben nehmen zu wollen. Wenn es soweit war, bekam er große Augen. Alles an ihm war dann fremd. Vielleicht weil ihm alles fremd war. Er konnte das Kind vor sich ansehen wie ein anderes Mädchen. Er roch komisch und schwitzte. Du brauchst keine Angst haben, sagte er dann, weil ihm die Angst des Mädchens angst gemacht haben wird, weil er in den zu großen Augen des Kindes seine Angst gesehen haben muß, klarer als in jedem Spiegel. Es lag in der Luft, daß es wieder soweit war, aber man sprach nicht darüber.

Dann schämte man sich, daß er in der Irrenanstalt war. Und die Scham war intim. Sie ging niemanden etwas an. Das Mädchen hatte absolutes Sprechverbot. Niemandem dürfe sie etwas davon erzählen. Nur wenn ihre Schande geheim bliebe, würden sie weiter eine gute Familie sein.

Der Vater war krank oder arbeitslos. Er war nie lange arbeitslos, weil arbeitslos zu sein fast so schlimm war, wie in der Irrenanstalt zu sein. Manchmal ging er morgens fort, als ob er Arbeit hätte, und kam erst abends wieder heim. Das konnte nicht lange gutgehen. Dann wieder nahm er blind jede Arbeit an. Das konnte auch nicht gutgehen, denn er war schwach. Die Mutter war stark und wußte immer weiter. Sie wußte allerdings nur im Prinzip weiter und am Küchentisch, denn sie hatte keinen Chef und keine Kollegen, die Bemerkungen machten.

Es war ihr nie in' den Sinn gekommen, außerhalb der Familie zu arbeiten. Sie habe, sagte sie, ein Kind, und später, als das Kind größer geworden war, hatte sie immer noch die Großmutter, die sie nun band. Warum die genügsame Großmutter die Mutter gebunden haben soll, hatte Johanna auch nicht verstanden. Die Großmutter lebte wie eine Topfpflanze. Sie war ruhig da.

In den wechselnden Wohnungen teilten sich die Großmutter und Johanna immer ein Zimmer. Es wurde »Zimmerle« genannt, weil man schlecht »Kinderzimmer« sagen konnte, wenn die Großmutter darin wohnte. Außerdem war das »Zimmerle« immer das kleinste Zimmer. Daß es klein war, war seine Funktion und gab ihm folglich seinen Namen.

Das größte Zimmer war immer das Wohnzimmer, denn die Couch und die Sessel brauchten Platz. Das Zimmer mit dem Balkon war das Schlafzimmer, da die Mutter auf dem Balkon die Betten auslüften mußte. Die Betten lüfteten vom frühen Morgen an, aber nicht zu lange. Wenn die Sonne darauf schien, war das nicht gut für die Federn. Gegen 10 Uhr mußten sie wieder hereingeholt worden sein. »Die Betten sind noch draußen«, war ein Imperativ, der alle anderen möglichen Unternehmungen hinausschieben konnte. Die Betten im Zimmerle wurden nicht in dieser Weise gelüftet. Sie wurden nur bei offenem Fenster eine Weile über einen Stuhl gelegt, dann nochmals ausgeklopft und so zusammengelegt, daß sie kantenrein dalagen und die Ecken sauber abstanden. Dann kamen zwei dünne Überwurfdecken darüber. In allen Wohnungen gab es einen Balkon zum Lüften der Ehebetten, und in allen Wohnungen war das Zimmerle so klein, daß außer zwei Betten, einem Schrank, einem Regal und einem Tisch in der Mitte mit zwei Stühlen nichts mehr sonst Platz darin hatte. Man konnte im Zimmerle gerade Hausaufgaben machen, zum Beispiel dann, wenn die Mutter in der Küche Radio hörte. Das Kind und die Großmutter brauchten nicht soviel Platz; die Mutter wollte, daß man zusammen war. In der Küche oder im Wohnzimmer. Die Mutter wollte sehen, was das Kind und die Großmutter taten. Sie wollte mit ihnen sprechen. Am Ende, und das sich verlangsamende Ende dauerte Jahre, dann Monate, dann Wochen, dann Tage, sprach die Großmutter überhaupt nicht mehr. Außer mit dem Kind.

Am Ende des Endes hatte die Mutter nicht mehr gewollt, daß Johanna bei der Großmutter schlief. Und wenn sie nachts stirbt? hatte sie immer wieder gefragt, und vorgeschlagen, daß Johanna umzog auf die Couch im Wohnzimmer. Johanna aber hatte nicht verstanden, worin das Problem liegen sollte, wenn die Großmutter nachts starb und sie neben der Toten lag, bis sie am Morgen aufwachte. Sie fand es normal, mit dem kommenden Tod zu leben. Johanna hatte von klein an alle Nächte mit der Großmutter geteilt. Jetzt war sie fast siebzehn. Es muß aber gerade diese letzte Vertrautheit gewesen sein, diese selbstverständliche Nähe bis in den

Tod, die die Mutter nervös machte. Immer wieder sagte sie, fast vorwurfsvoll, sie habe nachts wieder aufstehen müssen und horchen, ob die Großmutter noch atme.

Die Großmutter wurde immer weniger, obwohl sie manchmal noch gerne aß, Hefeknödel etwa, die mit Heidelbeeren gefüllt waren. Und manchmal kamen jetzt die Gänse zu ihr ans Bett, die weißen Gänse von den Wiesen der Zwittau.

Die Großmutter ist dann ganz diskret morgens gestorben, in den Pfingstferien, während Johanna und die Mutter in der Küche zusammen die Brettchen vom Frühstück abspülten. Dann hat Johanna der Großmutter eine zusammengefaltete Windel um Kopf und Kinn gebunden, weil sie gehört hatte, daß man den Toten das Kinn hochbinden müsse, damit der Mund später nicht aufsteht. Die Mutter ist im Wohnzimmer in einen der riesigen Sessel versunken und hat geweint.

Obwohl die Mutter oft weinte, war sie sehr stark. Genaugenommen war sie sehr stark in ihrem Reich. Die Mutter war die Fürstin ihrer Blumenbänke, die Königin der Einbauküche, die Patriarchin der Haushaltskasse. Ihre Macht reichte so weit wie ihr Staubsauger, ihr Polierlappen, ihr Putzlumpen, so weit wie ihre Hand mit dem Schwamm auf der Wachstuchtischdecke, sie erstreckte sich auf Vater, Kind und Großmutter, deren intimen Lebensraum sie peinlich sauber hielt.

Johanna zog die Beine an. Sie legte ihr Kinn auf die Knie und ließ sich ein wenig zur Seite kippen. Es hatte diese Szene gegeben beim Essen, als die Großmutter nach ihrem Unfall nur noch im Bett lag. Sie war im Wohnzimmer gestolpert und hatte nach einem Stuhl gegriffen, aber der Stuhl hatte nachgegeben. Sie war auf dem Teppich gelegen und hatte keinen Ton gesagt. Aber aufstehen konnte sie danach nicht mehr. Als die Sanitäter kamen, wollte sie nicht in die Klinik gebracht werden, aber Johanna war dicht bei ihr geblieben bis zum Röntgenraum. Und mehr als den gebrochenen Oberschenkelhals zu röntgen hat man mit der Groß-mutter nicht mehr gemacht.

Von nun an wurde sie gefüttert, gewickelt und ge-wendet. Johanna half der Mutter dabei. Es war nicht schwer, denn die Großmutter wurde pergamentenzart und leicht wie ein Vogel. Nur hatte sie Blutergüsse, die nicht mehr verschwanden, sondern von der Hüfte aus ein wenig wanderten, jeden Tag ein wenig weiter, bis ihre Scham violettblau war.

Es hatte diese Szene gegeben beim Essen, diese un-merklich furchtbare Szene. Die Mutter hatte Fleisch gebraten, Fleisch aus irgendeinem Sonderangebot, aber das war normal. Nur war das Fleisch ein Randstück, es muß wohl ein Schweinefleisch gewesen sein, etwas gewellt und blau angelaufen, wie es manchmal ge-schieht, wenn Tiere nicht richtig geschlachtet worden sind. Johanna sah das Fleisch, das die Mutter ihr nun gleich auf den Teller legen würde, und da mußte sie an die blutunterlaufenen Schamlippen der Großmutter denken. Auch das war noch nicht wirklich schlimm. Sie sagte der Mutter nur leise, daß sie heute kein Fleisch essen wolle. Aber die Mutter schüttelte den Kopf und bestand darauf, daß sie es esse, sie solle sich doch nicht anstellen, das Fleisch sei in Ordnung. Und selbst das wäre noch nicht ganz so schlimm gewesen. In der Fa-

milie war es normal, daß man aufaß, was es gab. Es war
nur auf einmal so, daß Johanna plötzlich mit aller
Sicherheit sah, daß die Mutter ebenfalls an die Schamlippen der Großmutter dachte. Sie sah es an ihren Händen, und sie hörte es daran, wie die Mutter noch einmal
wiederholte: Stell dich nicht so an, und ihr dann mit
einer entschieden austeilenden Löffelbewegung noch
Kartoffelbrei neben das gewellte blaue Fleisch gab. Wir
haben dasselbe gedacht, dachte Johanna. Wenn sie mir
jetzt nachgibt, muß sie es eingestehen, sie muß eingestehen, daß auch sie bei diesem Fleisch an die Schamlippen der Großmutter gedacht hat. Und wenn ich esse,
kann sie das Bild vergessen.
Und so aßen sie, allerdings schweigend, das gewellte
blaue Fleisch mit dem gestampften Kartoffelbrei auf.

Johanna stützte sich von den breiten ledernen Armleh-
nen hoch. Sie schob die leichte Übelkeit auf die Hitze.
Sie sah über die Spitzendecken, die Häkelunterlagen,
die gestrickten Läufer, die Vasen, die Kätzchen aus
Muranoglas, die Katzen aus Majolika, die Katzenmi-
niaturen in Öl. Die lindgrünen Wände waren dicht an
dicht mit Blumenfotografien behängt. Der Vater hatte
die Lieblingsmotive der Mutter vergrößert und auf
Preßspanplatten aufgezogen. Im Grunde aber mochte
die Mutter seine Fotografien nicht. Sie konnte mit den
Sensationen von Hummeln und Bienen über dem
Fruchtstempel von Tulpen oder Narzissen nichts anfangen. Auch blieb ihr die heitere Romantik von Windmühlen fremd, die der Vater von seinen jährlichen
Schachkongressen aus Holland mitbrachte.

Sie hatten keine Freunde. Hier in diesem Wohnzimmer, dachte Johanna, sind nie Gäste gewesen. Vielleicht saß einmal eine jener Tanten oder Cousinen von Zuhaus am Tisch. Die brachten ihr eingepacktes Mittagessen mit, panierte Hähnchenschlegel, Mohnstrudel, Marillenknödel, wie das üblich war bei den Leuten von Zuhaus. Und über dem Auspacken und Essen rutschten sie in ein Früher, das nun wiederauferstand vor der Kulisse von Spitzengardinen und auf Mitte geknickten Sofakissen. Auch die Mutter fiel dann wieder in jenes böhmisch getönte Deutsch zurück, dem sie hier in der Fremde sonst nicht mehr traute. Von solchen seltenen Gesellschaften abgesehen blieb die Familie unter sich.

Jeden Samstagabend teilten sie die Intimität des gemeinsamen Badewassers. Zuerst ging die Mutter in die frisch eingelassene Wanne, die schaumig nach Fichtennadelöl roch. Dann kam das Kind. Soweit war die Reihenfolge sicher. Ob aber danach der Vater in das mittlerweile etwas abgekühlte Wasser stieg, dem vielleicht noch warmes Wasser zugefügt wurde, und dann die Großmutter, oder ob die Großmutter die weibliche Linie der Badenden vervollständigte, bevor der Vater den Abschluß machte, war nicht mit Bestimmtheit geregelt.

Nach dem Tod der Großmutter, es war schon in der neuen Wohnung, dem Eigentum, hatte der Vater, ohne die Mutter zu fragen, über der Badewanne eine Duschvorrichtung samt Duschvorhang anbringen lassen. Die Mutter hatte Johanna, die schon nicht mehr bei den

Eltern wohnte, am Telefon von der Neuerung des Vaters erzählt wie von einem Ehebruch. Die Mutter war erschüttert. Sie war ähnlich erschüttert wie etwas später, als sie am Telefon stammelte, der Vater gehe nun wieder zur Beichte.

All die Ehejahre war es Konsens gewesen, daß das Ehepaar zwar jeden Sonntag zur Messe ging (und wenn man sonntags wanderte, ging man Samstagabend zur Messe, nach dem Bad), aber nicht zur Beichte und nicht zur Kommunion. Das Paar bediente sich jener einfachen Verhütungsmittel, die von der katholischen Kirche nicht erlaubt sind. Sie könne doch nicht, hatte die Mutter später, als Johanna den Erstkommunionsunterricht besuchte und fragte, warum die Eltern nicht an der Kommunion teilnehmen wollten, kurz und unwirsch bemerkt, sie könne doch nicht vor dem Pfarrer etwas bereuen, was sie wieder tun würde, weil es sonst nicht ginge. Und Johanna meinte damals verstanden zu haben, daß die Mutter als verheiratete Frau prinzipiell nicht bereit war, einen ledigen Mann in Ehedingen ernstzunehmen. Doch auch als Fragen der Verhütung nicht mehr relevant gewesen waren, wurde es der Mutter nicht zum Bedürfnis, sich, quasi im Alter, mit der Kirche zu versöhnen. Entsprechend irritiert muß sie gewesen sein, als der Vater sie nun vor vollendete Tatsachen stellte: er hatte die Nähe eines Geistlichen gesucht. Hierin lag für die Mutter, nach der Dusche, sein zweiter Ehebruch. Was die Mutter und auch Johanna damals noch nicht wußten, nicht von ferne ahnten, war, daß es einen dritten Ehebruch gab. Also genaugenommen einen ersten.

Da der Vater nirgends richtig bleiben konnte, da er keine Arbeit aushielt und dauernd die Firmen wechseln mußte, war die Familie ständig umgezogen. Als Johanna aufs Gymnasium kam, war das ihre siebente Schule. Für die Scham waren diese Wechsel gut, eigentlich ideal. Sie mußte keine Geschichte haben, es kannte sie niemand. Sie kam, um zu gehen. Sie wußte das schon. Alles war ganz leicht zu vergessen. Sie selbst war leicht zu vergessen. Weil es immer irgend anderswo wieder neu anfing, brauchte sie das abgelebte Leben nicht, über das man nicht sprechen durfte. Und wenn sie sich jetzt erinnerte, dachte Johanna, beging sie vermutlich einen Verrat.

VIII

Johanna stand auf. Das Wohnzimmer war ein großer Raum von etwa dreißig Quadratmetern, und doch konnte man sich kaum darin bewegen. Die Eltern hatten ihn so vollgestellt, daß man zwangsläufig anstieß: an den überdimensionalen dunkelbraunen Ledersesseln, an dem großen Wohnzimmertisch, an dem schmiedeeisernen Beistelltisch, an dem Ecktisch mit dem Handarbeitszeug, an dem niedrigen Couchtisch, am Musikturm, an den Einbauschränken und Eckschränken, die anschlossen, als wollten sie, was noch halbwegs frei hätte stehen können, endgültig in ihre Massen aufnehmen. Wer sich setzen wollte, quetschte sich an Vitrinen und Kommoden und Polstern vorbei. Sie müssen Angst vor Raum gehabt haben, dachte Johanna. Oder sie haben all die Möbel, die sie letztlich nicht bewohnten, als Stützen gebraucht für einen schwereren Halt als den, den sie sich selbst hatten geben können.

Johanna sah auf die lange Fensterbank voller Pflanzen. Alpenveilchen, Asparagus, Efeu, Usambaraveilchen, selbstgezogene Setzlinge aus gummifleischigem Grün, grünweiße Lanzen, Kakteen. Die Mutter hatte sie mit Hingabe gepflegt. Man müsse mit den Blumen sprechen, hatte sie gesagt, und immer wieder noch einen Ableger in einen hängenden Blumentopf gepflanzt oder einen Efeuzweig in einer Vase wurzeln lassen. Ein Garten war nie in Frage gekommen, obwohl sich Johanna immer wieder einen Garten gewünscht hat. Ein Garten, das hätte die Verantwortungsbereitschaft der Mutter überstiegen. Das von ihr zu bestellende Terrain war ein Grab gewesen und ein tropisches Ensemble von Blumentöpfen auf den Fensterbänken in Wohnzimmer und Küche, und auf dem Balkon pflegte sie Geranien in plastikleichten weißen Kästen. Hier konnte nichts in den Wildwuchs ausbrechen, diese Blüten und Triebe waren kalkulierbar. Zudem hätten weitläufigere Gespräche mit Reihen von Rüben und Salatköpfen sie nicht interessiert.

Aber die Mutter steckte kleine, harte Linsen in die Blumentöpfe und freute sich an den schnell wachsenden und bald auf der Fensterbank zitternden Rispen, über die die Hände streichen konnten wie über Blumenwiesen. Und gegen den Frühling hin unterhielt sie das eine oder andere exklusive Schneeglöckchen. Jeden Tag beobachtete sie zusammen mit dem Kind, wie weit sich die weiße Knospe entwickelte und wann endlich sich ein zarter grüner Blattbogen darüber abhob und das kleine Entfalten begann. Sie pflegte eine Armee von fingerhohen Tonzwergen in den Töpfen, eigenartige, über die Jahre hin angeschlagene und abblätternde Gesellen mit verwitterten Gesichtern. Einer stand bei einem bärtigen Kaktus, ein anderer hinter einem Farnblatt, wieder einer da, wo die Blumenschale eine pflanzenlose kleine Mulde bot. Mit Blumentöpfen läßt es sich gut umziehen. Sie sind der ideale ambulante Heimatboden. Und jedes Schneeglöckchen war, ungesagt, ein Bote vom Schnee von Zuhaus.

Am Anfang hatte Johanna das Umziehen gefürchtet. Der erste Abschied von der Schule hatte sie geschmerzt. Sie hatte es selber sagen müssen. Niemand war mit ihr gegangen, weil niemand auf die Idee gekommen war, daß es etwas Großes sein würde. Sie mußte doch nur Bescheid geben. Am Beginn der Stunde stand sie dann vor der Lehrerin und wußte, daß sie nun die Wörter würde sagen müssen. Und die Wörter waren schwer und kantig gewesen wie die Steine in den Rohbauten, in denen sie damals spielten. Sie mußte jedes scharfe Wort eigens anheben: WIR-ZIEHEN-UM. Und dann hingen diese enormen Wörter im Klassenzimmer, stiegen unter die Decke und blieben direkt über ihr in einer lastenden Schwebe. Obwohl Johanna noch gar nicht umgezogen war, sondern dastand, den Rücken nun schon der Lehrerin zugewandt und langsam wieder auf dem Weg an den anderen Schulbänken entlang zu ihrem Platz, gehörte sie nicht mehr dazu. Die Wörter waren stärker als sie. Sie hatten eine Schwerkraft übernommen, die ihr selbst abhanden gekommen war. Es war wie ein Zerreißen durch sie hindurchgegangen, aber mit der Zeit hatte sie nicht mehr viel dabei gefunden. Es wurde eben normal. Sie ahnte, wenn sie wieder in einer neuen Schule anfing, daß sie bald gehen würde. Und vielleicht hatte ihr das manchmal auch eine Art von Leichtigkeit gegeben, von der die anderen Kinder in den Klassen, in die sie eintrat und die sie verließ, überhaupt nichts wußten.

Ihr blieben der Küchentisch, der immer mitkam, und das privilegierende Gefühl von Distanz. Und auch jener quälende Wunsch hatte abgenommen. Jener Wunsch, der sie anfänglich jede Nacht überfiel, nachdem sie im Klassenzimmer WIR-ZIEHEN-UM gesagt hatte. Damals hätte sie alles dafür gegeben, unsichtbar zu sein.

57

Und zu erleben, wie die Schulstunden wären, ohne sie. Dieser Wunsch war so stark gewesen, daß sie gehofft hatte, er könne vielleicht im Tod in Erfüllung gehen. Vielleicht war das überhaupt die schönste Paradiesvorstellung gewesen: alle Tage bei den anderen dabeizusein. Ohne selbst dasein zu müssen.

Sie war ein Stadtkind gewesen. Sie hatte die Straßenbahn geliebt, die Einkaufspassagen mit den italienischen Eisdielen, wo die Eislöffel von einer silberschweren, matten Kälte waren wie sonst kein Gegenstand, den sie je in den Mund genommen hatte. Nachmittagelang zog sie mit der Mutter durch die mehrstöckigen Kaufhäuser mit ihren breiten Rolltreppen, von denen man aufsteigend hinuntersehen konnte auf tieferliegende, glitzernde Ebenen. Meist waren sie nach Hause gekommen, ohne etwas Besonderes gekauft zu haben. Sie hatten nur etwas Heruntergesetztes gekauft oder etwas, das billiger war als beim Konsum in der Vorortsiedlung. Irgendein Sonderangebot gab es immer, das das Fahrgeld rechtfertigte. Im Grunde aber waren sie nur einfach miteinander unterwegs gewesen.

Aber einmal hatte es dieses Jahr auf dem Dorf gegeben, wo alles sehr anders gewesen war. Und in diesem Dorf, das die Eltern, die sich als Städter verstanden, verachteten, und das Johanna langsam zu lieben begann, war Johanna auf eine vierklassige Dorfschule gegangen, in der je zwei Klassen in einem Klassenzimmer gleichzeitig unterrichtet wurden. Johanna hatte diese doppelte Klasse sehr gerngehabt. Gegen die Fensterreihe hin saßen die größeren Kinder. Und wenn man hinübersah und hinüberhörte, war neben dem, was man selber machte, immer auch schon das da, was noch kommen würde. Die Zukunft saß im Klassenzimmer, sie versprach die Bruchrechnungen und die Savannen Afrikas.

Im Musikunterricht mußten sich die Kinder im Zimmer mit der kleinen Holzempore aufstellen. Draußen war Frühling, die Sonne schien durch die hohen Fenster herein, und der Lehrer nahm die Geige und nickte den Kindern zu, und die Kinder sangen zuerst: »Im Märzen der Bauer« und dann »Der Mai ist gekommen«. Und Johanna, die gerne sang, konnte nicht mitsingen, so sehr stand sie neben den Kindern, und herzklopfend wußte sie: Das ist jetzt so, wie es in den Bilderbüchern ist, wenn die Schwalben über der aufgespannten Wäsche fliegen und das dicke Pferd über den Acker zieht. Und auch wenn sie nun versuchte mitzusingen, wie eine Diebin, sang sie nur ganz vorsichtig und mit den Tränen kämpfend, als könnte sie das, was hier war, nur zerstören.

Im Handarbeitsunterricht waren alle Mädchen der Schule zusammen. Man saß in einem großen hellen Raum, der die Zeit milchig zu dehnen schien. Einmal in der Ewigkeit eines Stickvormittags hatte die Handarbeitslehrerin verschiedene kleine Dinge auf ihr Pult gelegt, und nach und nach durften die Mädchen, die ihre blauen und roten Reihen mit Kreuzstichen und Kettenstichen zu Ende gebracht hatten, vorkommen und sich etwas aussuchen. Es war ein unverhofftes Geschenk. Johanna, die bei den ersten war, hatte das Angebot sofort überschaut und gleich nach einem sehr schönen Ausschneidebogen aus festem Papier gegriffen. Als sie aber

59

wieder in der Bank saß und ihn sich genauer ansehen wollte, schämte sie sich. Denn auf dem Pult war auch ein getrocknetes Edelweiß gelegen, und Johanna meinte zu wissen, daß die Mutter Edelweiß mochte. Sie ging also schnell wieder nach vorn und fragte, ob sie das, was sie ausgesucht habe, noch einmal tauschen könne. Mittlerweile war die Auslage auf dem Pult deutlich kleiner geworden, aber das gräulich-grüne Edelweiß war immer noch da. Die Lehrerin fragte, warum Johanna tauschen wolle, und Johanna sagte, sie wolle das Edelweiß für ihre Mutter haben. Daraufhin hatte die Lehrerin sie sehr freundlich angesehen und ihr mitten ins Gesicht gesagt: Du hast deine Mutter wohl lieb?

Du hast deine Mutter wohl lieb? Johanna war es erschienen, als habe die Lehrerin hier in dieser Dorfschule einen chinesischen Satz formuliert. Die Frage, ob man die Mutter liebe, schien ihr so völlig unangemessen und überflüssig, so grundlos wie die Frage, ob man denn atme. Und statt eines lachenden Ja hatte sie die nette Handarbeitslehrerin staunend, aber auch verlegen und verwirrt angesehen und war mit dem pelzigen Blümchen wieder an ihren Platz gegangen.

Sie hatte sich übrigens getäuscht; die Mutter hatte mit dem Edelweiß doch nichts anzufangen gewußt. Es war gleich irgendwo verschwunden.

Vielleicht hatte das Edelweiß die Mutter nicht freuen können, weil die Mutter damals auf dem Dorf sehr unglücklich gewesen war. Eigentlich war sie aber immer sehr unglücklich gewesen. Ihr Unglücklichsein hatte, auch für die Mutter selber, schon irgendwie dazugehört, wie der dauernde Wohnungswechsel, wie das ständige Saubermachen beziehungsweise das Reden über das ständige Saubermachenmüssen, wie das Schachspielen des Vaters, der vor seinen Schachbrettern nur abwesend da war, wenn er mit den andern im Wohnzimmer saß. Ihr Unglücklichsein hatte dazugehört wie das ergebene Verharren der Großmutter in der Küche.

Was Johanna damals nicht verstanden hatte, war, daß die Mutter sich so gegen das Dorf wehrte. Alles war, wenn man der Mutter glaubte, dort schlecht. Am meisten regte die Mutter auf, daß nicht alle Straßen des Dorfes geteert oder gepflastert waren. Sie wohnten am Hang, an der Roten Halde, und sahen über einen großen Hühnerhof. Wenn es regnete, verwandelte sich die Straße in Schwemmland und der Hühnerhof wurde ein Teich. Die katholische Kirche lag im nächsten Dorf und auch dort am äußersten Dorfrand, und die Mutter hatte sich schon beim ersten Kirchgang die schönen neuen Stiefeletten aus dünnem Kalbsleder ruiniert. Mit einem alten Obstmesserchen saß sie im Badezimmer und kratzte unter Schluchzern den fetten Lehm ab. Dieses kleine Messer lag immer im Badezimmer, eben wegen des Lehms, und dieses Messer soll dann auch der Vater genommen haben.

Später, dachte Johanna, später hatte man ihr das erzählt, Jahre später. Unter der Brust, hatte die Mutter gesagt, unter der Brust könne man immer noch die Narbe sehen. Und wenn der Vater danach einmal mit nacktem Oberkörper vom Bad ins Wohnzimmer ging, wo er abends seine Kleider hinlegte, hatte Johanna manchmal nach der Narbe gesucht. Sie war aber wohl nie nah genug an den Vater herangegangen, um die Narbe sehen zu können.

Was sie damals an jenem Feiertag im Dorf gesehen hatte, war, daß der Vater abgeholt wurde, nein, es war eher ein Abführen gewesen. Und dann hatten die sonntäglichen langen Fahrten mit dem Omnibus in die Irrenanstalt begonnen. Aber zunächst hatte Johanna am anderen Tag einen Aufsatz schreiben müssen. »Mein 1. Mai«. Sie hatte sofort gewußt, daß sie das können würde, und einen lebhaften Bericht von einem Wanderausflug mit einer Nachbarfamilie geschrieben, mit Vesperbroten und geschnitzten Wanderstöcken und Jägersitz und Limonade beim Einkehren und so. Und der Aufsatz war dann so gut geworden, daß der Lehrer ihn am nächsten Tag vor der ganzen zweiklassigen Klasse laut vorlas. Und Johanna hatte sich mit jedem Satz, den der Lehrer laut vorlas, mehr geschämt und gefürchtet, denn natürlich würde kommen, was kommen mußte. Und mitten in die Schlußpointe mit dem Platzregen hinein kreischte das schlaksige Nachbarsmädchen, das den Notarztwagen und den Krankenwagen und all die weiß und weiß-rot angezogenen fremden Leute gesehen hatte: »Das stimmt ja alles gar nicht. Das stimmt ja alles gar nicht.«

Jahre später erst hatte die Mutter dann erzählt, daß der Vater das kleine Obstmesser genommen und sich damit in die Brust gestochen hatte. Die Mutter hatte die Geschichte so erzählt, als könne sie davon ausgehen, daß sich Johanna an das Messer erinnerte. Und sie täuschte sich nicht. Obwohl Johanna dieses Messer nur mit dem Lehm in Verbindung bringen konnte, fiel ihr sein aus-

gewaschenes sprödes Holz und die dünne Klinge sofort
ein. Und sie verstand auch umstandslos, was die Mutter
dann weiter erzählte. Denn da es eben nur ein altes
Obstmesser gewesen war zum Schuheputzen, mit einer
schmalen kurzen Klinge, hatte der Vater nur geblutet,
allerdings heftig, ohne daß aber viel passiert wäre. Und
als er es dann mit dem Starkstrom der Waschmaschine
versuchte, klappte es auch nicht. Diese Passage erzählte
die Mutter kopfschüttelnd. Dabei war er, fügte sie noch
an, doch Industriemeister. Die Depression, nickte sie,
es war die Depression. Vermutlich, dachte Johanna,
sagte es aber nicht, war er zu nervös und konnte sich
nicht recht konzentrieren. Die Großmutter, sagte die
Mutter, die Großmutter hat damals das ganze Blut aufgewischt. Das ganze Bad war voll davon gewesen,
überall. Und als sie dann nach Hause gekommen sei,
war das Blut schon weg. Aber obwohl alles aufgewischt
war und man nichts mehr sehen konnte, habe man es
noch gerochen.
Womöglich, Johanna zog die Beine auf der kolossa-
len dunklen Ledercouch hoch und verschränkte sie zum
Schneidersitz, so daß sie aufrecht dasaß wie eine der
hockenden Plüschkatzen, womöglich war das Obstmesserchen damals auch noch von Zuhaus, so wie sie es
in Erinnerung hatte, mit dem ganz abgegriffenen Holz-
schaft und der vom vielen Schneiden schon mondsichel-
dünnen Klinge. Das wäre aber ganz unerhört gewesen,
daß sich der Vater ausgerechnet mit einem alten Obstmesser von Zuhaus hätte das Leben nehmen wollen.
Damals also begannen die sonntäglichen Fahrten mit
dem Omnibus und zweimal Umsteigen in die Irren-

anstalt. Nach dem Selbstmordversuch des Vaters, dem natürlich die Kündigung der neuen Stelle in der Uhrenfabrik des Dorfes folgte, gab die Mutter die begonnenen Fahrstunden wieder auf. Die neue Stelle in der Uhrenfabrik hatte dem Wunsch des Vaters nach einem eigenen Auto einen realistischen Grund gegeben. Aus dem Krieg besaß er nicht nur ein Notabitur, sondern auch einen Notführerschein, der immer noch galt, obwohl der Vater nie Auto gefahren war. Jetzt sollte die Mutter auch den Führerschein machen. Die neuen Zeiten der Familie, die bald ein eigenes Auto haben würde, waren angebrochen.

Nun habe man kein Geld mehr, argumentierte die Mutter nach der Kündigung. Daß sie jetzt erst recht den Führerschein machen müßte, wollte ihr nicht in den Sinn kommen.

Sie konnte ihr Leben nicht in die Hand nehmen, dachte Johanna. Die Mutter hatte sich immer als Städterin gefühlt. Da saß sie nun in einem Dorf, das sie nicht mochte und in dem sie sich nicht gemocht fühlte, zusammen mit ihrer alten Mutter und einem neunjährigen Kind. Und ihr Mann war krank. Sie war eine Frau von einundvierzig Jahren. Sie hatte die Bürgerschule in Zwittau absolviert, was für ein Mädchen ihrer Herkunft sehr ungewöhnlich war. Sie hatte einen Realschulabschluß. Sie war Sekretärin gewesen, fleißig, beliebt, adrett und in ihrer kleinen Versicherung durchaus erfolgreich. Sie konnte blind Schreibmaschine schreiben und stenographieren. Sie sei gerne zur Arbeit gegangen, hatte sie immer betont. Manchmal habe sie sich Blumen gekauft, damals, vom eigenen Geld. Aber vor allem habe sie sich ein Kind gewünscht. Und dann hatte sie gespart für dieses Kind: fünf Jahre Verlobungszeit, eine kleine Hochzeit mit Würstchen und Kartoffelsalat und vier Tage in Garmisch-Partenkirchen. Als sie durch das Zugfenster die Berge sah, habe sie geweint. Danach folgten fleißige drei Jahre Ehe. Bis alles da war: die Wohnzimmereinrichtung, die Küche, das Schlafzimmer. Nach und nach hatten sie sich alles zusammengekauft. Jetzt konnte das Kind kommen. Und dann habe sie sich ausschließlich um dieses Kind und den schönen Haushalt kümmern wollen. Ihr einziges Kind sollte ein perfektes Zuhause haben und eine Mutter, die immer Zeit hatte für ihr einziges Kind. Es sollte ihr Leben sein. Es sollte auch keine Geschwister bekommen; es würde ein Recht haben auf eine Mutter für sich ganz allein.

Johanna war gerne Bus gefahren. Das Dorf lag am Hang, eigentlich war das Dorf ein mittelalterliches Städtchen mit einer schönen Stadtmauer, und der Omnibus schlängelte sich in Serpentinen bergab. Wenn man zurücksah, schaute das Dorf freundlich und in bunten, aneinander anschließenden Häusern auf die Reisenden herunter. Man fuhr durch hügeliges Land bis in die erste Kreisstadt, dann in die zweite Kreisstadt. Dort gab es einen Bus, der zur Irrenanstalt fuhr. Die ganze Reise dauerte über zwei Stunden, so daß mit dem Aufenthalt beim Vater und der Rückfahrt der Sonntag ausgefüllt war.

Die Mutter brachte dem Vater immer Äpfel mit. Es waren nicht irgendwelche Äpfel, sondern Äpfel einer ganz neuen Sorte. Sie waren sehr grün, obwohl sie reif und süß waren. Außen glänzten sie wie gewachst. Sie hießen Granny Smith, ein Name, so frisch und fremd wie ihre Erscheinung. Johanna konnte sich nicht erinnern, daß die Mutter Granny Smith kaufte, bevor sie in die Irrenanstalt fuhren. Die Mutter kaufte die Äpfel auch nicht für sich oder die Tochter oder für die Großmutter, sondern nur für den Vater. Die Mutter nannte den Preis für zwei Äpfel, der sehr hoch war. Wenn Johanna im Bus saß, war der Raum ausgefüllt von den zwei Granny Smith, die die Mutter in ihrer Tasche trug. In jeder Kurve schien das enorme Gewicht der Äpfel das Gleichgewicht des Busses gefährden zu können.

Die Irrenanstalt lag in einer Parkanlage, deren Wege gesäumt waren von hohen, blühenden Kastanienbäumen in Rosa und Weiß. Vater, Mutter und Kind saßen auf einer Bank unter den Kastanien. Man saß auf der Parkbank, weil im Zimmer des Vaters noch viele andere Männer waren, ein Bett stand neben dem anderen Bett. Und die Männer, hatte der Vater einmal beim Hinausgehen gesagt, seien schon zehn oder fünfzehn oder auch zwanzig Jahre hier in der Anstalt. Er wolle raus.

Auf der Parkbank schwiegen Vater und Mutter. Auch das Kind schwieg, denn als es einmal den Vater, um ihn aufzuheitern, auf die Schönheit der blühenden Kastanien hinwies, fing er an zu weinen. Vielleicht hat er an die zehn oder fünfzehn oder zwanzig Jahre gedacht, vielleicht war ihm die Schönheit auch zuviel, wie dem Kind die Schönheit mit dem Geige spielenden Lehrer auch zuviel gewesen war. Das Kind sah in den hohen Sturm von Blüten und dachte an den schwarzen Zeiger auf der weißen Küchenuhr.

Die Mutter packte einen grünen Apfel aus und gab ihn dem Vater zu essen. Meist zwang er sich, das zu tun. Und biß und kaute und schluckte hastig und würgend, damit er es bald hinter sich hatte. Der Apfel tropfte, denn er war sehr saftig. Immer hatte die Mutter ein Stück Papier von einer abreißbaren Küchenrolle dabei. Manchmal konnte die Mutter den Vater dazu überreden, den zweiten grünen Apfel mit auf das Zimmer zu nehmen. Manchmal lehnte er den Apfel ab wie eine Bedrohung. Für das Kind war der Apfel ein Zeichen dafür, wieviel der Vater sich zuzumuten bereit war. Die Mutter erkannte am Apfelessen und Apfelnehmen des Vaters, daß es ihm schon besserging. Einen abgewiesenen Apfel nahm die Mutter wieder in die Tasche. Auf dem Heimweg im Bus bekam ihn das Kind. Er war dann schon etwas warm und hatte leichte Druckstellen. Manchmal sagte die Mutter, das Kind solle ihr etwas vom Apfel abbeißen. Die Mutter hatte eine Zahnprothese am Oberkiefer. Dann saßen sie nebeneinander, und das Kind reichte der Mutter große, für sie abgebissene Apfelstücke. Es war erleichtert, wenn die Mutter mitaß.

IX

Doch noch vor der Irrenanstalt waren das elementare Unglück der Mutter die lehmigen Straßen des Dorfes gewesen. Als könnte sie ausgerechnet hier ihren Grund verlieren. Sie haßte den Weg durch die Wiesen, die lange, steile Stiege mit den unregelmäßigen Steintreppen ins eigentliche Dorf hinauf, zur Hauptstraße, die in das Zentrum mit den Geschäften führte. Auf den feuchten Steinen hatte Johanna zum ersten Mal in ihrem Leben einen Feuersalamander gesehen. Das ist doch ein Feuersalamander, hatten die Nachbarskinder gesagt, faß ihn nicht an. Johanna kannte nur Lurchi aus den Heftchen der Salamander-Schuhgeschäfte in der Stadt. Daß ein Salamander ein echtes Tier war, schwarz und glänzend und mit grellen Flecken, hatte sie verblüfft und dann sehr gefreut. Das gab dem gemalten Salamander und seinen Freunden, die insgeheim auch ihre Freunde waren, eine wirkliche Geschichte.

Johanna verstand nicht, daß es der Mutter auf dem Dorf so gar nicht gefallen wollte. Eigentlich, dachte Johanna, mußte sich die Mutter doch an Zuhaus erinnern, das war doch auch ein Dorf gewesen. Mit einem Bach und einem Wald. Die Mutter hatte nie viel erzählt von Zuhaus, aber immer wieder hatte sie ihren Hörnerschlitten erwähnt und daß man kilometerlang hinunterfahren konnte. Nicht nur so einen kleinen Hügel herab wie am Rand der Stadt, wo sie gewohnt hatten. Sie sei sehr gut gewesen im Schlittenfahren. Und sie habe eben einen Hörnerschlitten mit großen, festen

Hörnern gehabt, auf dem man lange durch den Wald fahren konnte, in vielen Kurven hinunter. Aber am Nachmittag nur zweimal, dann war es schon dunkel geworden, so lange sei der Schlittenweg gewesen.

Johanna wagte nicht, die Mutter darauf hinzuweisen, daß man auch hier im Dorf Schlitten fahren konnte. Die Mutter würde davon bestimmt nichts wissen wollen. Das Zuhaus war etwas ganz anderes. Aus dem Zuhaus waren die Mutter und die Großmutter vertrieben worden, und deshalb konnte nichts mit dem Zuhaus verglichen werden, kein Wald, kein Schlittenweg, kein nichts. Die Mutter würde es sich vor allem verbeten haben, dieses furchtbare Dorf in einem Atemzug mit Zuhaus genannt zu wissen. Sie war eine Städterin und richtig verzweifelt, wenn Johanna wieder mit nassen Schuhen nach Hause kam. Selbst die Gummistiefel, die Johanna nach langem Quengeln, daß man hier Gummistiefel wirklich brauche, endlich bekommen hatte, waren innen immer wieder naß. Das Wasser in den Gummistiefeln ihres Kindes muß für die Mutter der endgültige Einbruch des unzivilisierten Dorfes in die Familie gewesen sein. Denn wegen nichts anderem drohte sie so entschieden mit Hausarrest.

Und unter allen Strafen, die Johanna fürchtete, war Hausarrest die schlimmste. Und keine setzte die Mutter so sicher ein. Später hatte sie Johanna erzählt, Johanna habe als kleines Kind oft darum gebeten, lieber geschlagen zu werden, als Hausarrest zu bekommen. Die Mutter muß darin eine bemerkenswerte Pointe gesehen haben, denn sonst hätte sie diese Bitte des Kindes nicht so gerne weitergetragen, der Nachbarin etwa, oder wenn Besuch von Zuhaus da war. Johanna erinnerte sich an die Zeiger der Küchenuhr, als sie die Uhr noch nicht lesen konnte. Aber die Mutter sagte: bis dahin, du bleibst im Haus, bis der große Zeiger bis dahin gekommen ist. Und Johanna fixierte den Punkt, zu dem der große Zeiger würde kommen müssen. Und je mehr sie auf den schwarzen Zeiger sah, um so weniger bewegte er sich. Gefängnis, hatte sie damals gedacht, die schlimmste aller Strafen muß Gefängnis sein. Und es schreckte sie, daß sie sich so gar nicht vorstellen konnte, wie lange ein Jahr etwa im Gefängnis sein würde, wenn schon die kleine Strecke, die der schwarze Zeiger auf der weißen Fläche der Uhr heimlich zurücklegte, so schmerzhaft unendlich war.

Johanna sah auf die Uhr. Es war kurz nach 18 Uhr. Sie horchte nach der Waschmaschine. Aber aus dem Bad kam kein Laut. Den zweiten Spülgang mußte sie ebenso überhört haben wie das Endschleudern. Die Wäsche würde fertig sein. Johanna überlegte, ob sie die Stücke nun über der Badewanne aufhängen sollte, aber das Bad hatte kein Fenster, und an einem stickigen Tag wie heute würde die Wäsche dort schlecht trocknen. Schneller ginge es in der Abendwärme auf dem Balkon, der immerhin überdacht war, so daß die Wäsche dort ruhig auch ein paar Tage bleiben konnte, wenn sie jetzt fortging. Oder sollte sie doch den Wäscheständer aus dem Schlafzimmer holen und ihn im Flur aufstellen? Das wäre sicherer, falls über den Rheingraben noch eines der windigen Sommergewitter kam.

Als Johanna ins Schlafzimmer ging, sah sie den glänzenden Inri an der leeren Wand über den in der Mitte geknickten Kopfkissen des elterlichen Bettes. Sie fixierte den nackten Mann mit den bronzenen Gliedern auf dem Eichenholz, und schlagartig begriff sie, daß sie mit all diesen Dingen in der Wohnung ihrer Mutter etwas würde tun müssen. Nicht nur das Wohnzimmer war vollgestellt. Hier im Schlafzimmer gab es zwei die Betten einfassende, deckenhohe Einbauschränke, und auch im Zimmerle konnte man sich kaum umdrehen. Nach ihrem Auszug hatte die Mutter das Zimmerle mit Streublümchen tapezieren lassen und mit Kinder- motiven geschmückt und es damit im nachhinein erst zu dem Kinderzimmer gemacht, das es nie war. Denn nach dem Tod der Großmutter hatte Johanna den Raum unter mütterlichem Mißfallen mit Farbe und Plakaten zumindest ansatzweise und für die kurze Zeit bis zu ihrem Auszug zu einem Jugendzimmer werden lassen. Nun stapelten sich auf ihrem ehemaligen Bett ungeahnte Decken, Schaffelle und Plumeaus, der Schrank war mit aussortierten, noch guten Kleidern dicht be- hängt, und wer weiß, was die grünen und braunen Kof- fer bargen, die oben auf ihm bis zur Decke geschichtet lagen.

Zwischen Schrank und Wand und Schrank und Bett hatte der Vater noch Regale angebracht. Hinter Blu- menvorhängen faßten sie all seine Schach-Reliquien, seine Bücher und die Schachuhr mit dem doppelten Zifferblatt und dem Kippschalter, den Schachcompu- ter, immer wieder sorgfältig in die Originalverpackung gelegt, hölzerne Schachspiele mit Brettern und kleine Steckschachspiele als gelochte Klappkistchen, die im Innern die winzigen Figuren enthielten. Es gab auch

71

das eine oder andere flache Magnetschach für die Hosentasche. Der Vater, der immer in einem Schachverein, meist in mehreren, Turnierschach gespielt hatte, war mit den Jahren dazu übergegangen, sich für Problemschach zu interessieren. Bevor dieses Denken in Themen und Motiven zur Obsession wurde, begann es damit, daß er Problemschachaufgaben, die ihm gefielen, aus Zeitungen ausschnitt. Das Ergebnis waren Ordner und Kisten mit Serien jener schwarzweißen Konstellationen, bei denen eine minimale Figurenzahl eine ästhetisch befriedigende Lösung festhielt, zu der es in normalen Turnierpartien, wo es ja nur ums Gewinnen und nicht um die idealen Stellungen und Lösungen ging, kaum kommen konnte. Bald mehrten sich die Ordner und Kisten, in denen der Vater seine eigenen Kompositionen unterbrachte (die er nun selbst in Zeitschriften publizierte), eingeteilt in »Erstdrucke« und »Nachdrucke« und »Unveröffentlichtes«, wobei es Untergruppen gab von »computergeprüft« oder »noch nicht geprüft«.

Zum Herstellen seiner Schachproblemaufgaben benötigte der Vater verschiedene Gummistempel (ein Schachbrett und alle Figurentypen doppelt, die einen für das rote Stempelkissen, die anderen für das schwarze). Er druckte auf weißes Papier, schnitt die gestempelten Schachbretter aus und klebte sie zu Motivgruppen zusammen, die er dann wiederum zu Serien sortierte und abheftete. Mit einem ständig nachgespitzten Bleistift versah er die einzelnen Kompositionen mit Lösungsangaben und Kommentaren. Die Mutter klagte über den krümeligen Radiergummistaub, den er von seinen Papieren auf die Tischdecke blies und wischte. Täglich entstanden neu erdachte, nachgespielte, überprüfte, nebenlösungsfreie finale Kampf-Stellungen von Bauern, Läufern, Springern und Türmen mit Königspaar. Diese Schachrefugien, die sich im Zimmerle ausbreiteten, tendierten dazu, Zug um Zug bis in den Flur zu wachsen, wo unter der Decke Zwischenböden mit Brettern eingezogen waren. Der hier entstandene Raum sollte eigentlich Nützliches fassen, das vielleicht nicht sofort nützlich war, das man aber vielleicht doch noch einmal brauchen konnte. So hatte in der kleinen Wohnung alles Platz, was wegzuwerfen zu schade, ja wohl eine Sünde gewesen wäre.

Und vor welche Sünde stellte die Mutter sie nun? Ein Entrümpelungsunternehmen, dachte Johanna. Und schon sah sie sich vor einem Jüngsten Gericht, an das sie nicht glaubte. Ein heiliger Vollzugsbeamter empfing sie mit Ärmelschonern und schlug ihr einen vernichtenden Satz entgegen: »Fünfzig Jahre hing er dort, und du, du hast den Gekreuzigten über dem Ehebett deiner Eltern entsorgt!« Sie mußte lachen, und da klingelte das Telefon wie aus einer anderen Galaxie.

Johanna schrak auf. Sie horchte, ob sie sich nicht getäuscht hatte, aber als das Läuten nicht aufhörte, ging sie ins Wohnzimmer und nahm den cremefarbenen Hörer ab. Es war Albi.

Woher weißt du es, fragte Johanna?

Ja mei, ich hab' in der Klinik angerufen, da haben sie es mir halt gesagt. Es tut mir leid, Johanna.

Johanna mochte Albi, aber sie hatten kaum Kontakt,

Albi wohnte in einer abgelegenen Kleinstadt in Bayern. Sie war zwanzig Jahre älter als Johanna, deshalb war sie von Zuhaus, und sie war gut zehn Jahre jünger als die Mutter, vielleicht konnte sie deshalb von Zuhaus erzählen. Zumindest manchmal. Die Vertreibung hatte sie zusammen mit ihrem Bruder erlebt, in Tagen, da beide Kinder waren. Für sie muß noch ein Schuß von Indianertreck und Abenteuer dabeigewesen sein. In Bayern ging sie dann zur Schule, wurde Volksschullehrerin, heiratete. Sie lebte mit Tieren und mochte nicht reisen. Doch sie fuhr einen Alfa Romeo, was Johanna beeindruckte. Albi war in einem Verein, der sich um Fledermäuse kümmerte. Ganze Wochenenden verbrachten sie und ihr Mann auf Klappstühlen unter Kirchtürmen, am Boden eine Tasche mit Vesperbroten und die Thermoskanne voller Tee. Mit einem Block auf den Knien saßen sie da und beobachteten, ob eine Fledermaus ausflog. Jede ausfliegende Fledermaus gab einen Strich in der Strichkolonne auf dem Block auf den Knien. Dann warteten sie, daß die Fledermäuse zurückkamen.

Albis Vater war ein Bruder der Großmutter gewesen. Und einmal war die Großmutter zu ihm in die Ferien gegangen. Und die Großmutter war nach diesen Ferien mit einem gelben Wellensittich zurückgekommen. Albi, die damals Beos und Wellensittiche züchtete, hatte ihr Hansi geschenkt. Und seither war Wellensittich Hansi auf dem Küchentisch am Fenster gestanden und hatte mit Körnerhülsen und Sand geworfen. Johanna fand Hansi langweilig, aber die Großmutter war ein wenig stolz, daß sie jetzt einen Wellensittich hatte, und sah ihm gerne zu. Wenn die Großmutter stirbt, hatte die Mutter immer gesagt, dann stirbt der Vogel auch. Aber da hatte ihr siebter Sinn sie schon wieder getäuscht. Der Vogel überlebte die Großmutter um viele Jahre. Zum Leidwesen der Mutter, denn er machte Dreck. Als er dann eines Morgens tot und schon steif auf dem Sand in seinem Käfig lag – Johanna kannte diese Geschichte nur von der Mutter, denn sie lebte schon nicht mehr in der Wohnung der Eltern –, sei der Vater wortlos gekommen, habe den Hansi in eine Plastiktüte gesteckt und die Plastiktüte in seine Manteltasche, und dann sei er mit der Straßenbahn auf den Friedhof gefahren. Mit einem Löffel, den er hinter dem Grabstein fand, vergrub er Hansi zwischen den Stiefmütterchen bei der Großmutter im Grab.

Johanna sah Albi eigentlich nur auf Beerdigungen, wenn jemand von Zuhaus starb. Und das wurde mit der Zeit immer seltener. Wenn sie dann beide wieder nebeneinander saßen, bei so einem Leichenschmaus an der Tafel mit Blechkuchen und Gugelhupf, und Albi Geschichten von einem ihrer zitternden Hunde erzählte, die sie aus dem Tierheim hatte oder wer weiß wo aufklaubte, und Neuigkeiten wußte aus den Fledermauskolonien, dann war es Johanna, als könne man von Albis Sätzen abbeißen wie von gutem Brot.

Woher hast du gewußt, daß ich da bin?
Daheim warst du nicht, da hab ich es mir gedacht.
Johanna wehrte Fragen nach den genauen Todesumständen ab. Der Organismus sei zusammengebrochen, es sei im Grunde vorhersehbar gewesen, aber das wisse man ja immer erst hinterher.

Kommt ihr auf die Beerdigung?

No freilich, nur sag, wann wird das sein?

Ich weiß nicht. Weißt du, heute ist doch Sonntag. Ich fahre jetzt zurück. Ich telefoniere morgen mit dem Beerdigungsinstitut, mit dem, das auch beim Vater da war.

Schau, es ist besser so, sagte Albi nach einer kleinen Pause, sie war krank. Und ein operierter Darmkrebs – ja mei. Schau in ihrem Alter. Und sie hat es doch noch gut gehabt.

Sie war keine zweiundsiebzig!

Sie muß nicht mehr leiden, weißt du, jetzt muß sie nicht mehr leiden. Ist ein Wunder doch eh, daß sie so lange noch gelebt hat. Sie war doch als Kind schon so krank. Diphtherie, sie ist doch schon im Sterbezimmer gelegen, mit zwölf Jahren, das arme Mäderl, und die Resi, deine Großmutter, hat ihr noch einen Rosenkranz in die Hände gelegt, und der Pfarrer war schon da.

Johanna wußte das. Sie hatten mich schon aufgegeben, hatte die Mutter gesagt, in einer Mischung aus Trotz und Wehmut, sie hatten mich schon aufgegeben.

Sie hatte Johanna früh davon erzählt, am Küchentisch, als Johanna in dem Knopfsäckchen, mit dem sie manchmal spielen durfte, wenn die Mutter etwas nähte, auf ein winziges Blechkästchen gestoßen war, das aussah wie eine kleine goldene Bibel mit einem Joseph darauf, der ein Jesuskind trägt. Man konnte das Kästchen öffnen, und innen war kein Buch, sondern ein Rosenkranz aus Blechgliedern mit lauter kleinen rosa Glasperlen. »Den nicht«, hatte die Mutter gesagt, der sei

nicht zum Spielen, und dann hatte sie die Geschichte
erzählt. Ihre Mutter habe sich nicht mehr zu helfen gewußt, sie sei doch ihr einziges Kind gewesen. Und der
alte Rosenkranz, noch von ihrer Mutter und der Mutter
ihrer Mutter, muß das zugleich Hoffnungsloseste und
Heiligste gewesen sein, das sie noch hatte.

Und dann erzählte die Mutter, was sie schon so oft erzählt hatte, daß man sie, als sie noch ein sehr kleines
Mädchen war, alle Tage verlassen hat. Ihr Vater, der
Schuhmachermeister, verdiente nicht mehr genug Geld.
Die Leute im Dorf waren alle arm, und es gab in der
Stadt jetzt viel billigere Schuhe, die von Maschinen her-
gestellt wurden. Bald mußte nicht nur er, sondern auch
die Mutter zu den Maschinen. Sie gingen in eine der
vielen Seidenfabriken der Gegend. Also banden sie
ihrem Kind einen Schlüssel um den Hals. Ich war ein
Schlüsselkind, sagte die Mutter. Und ich wollte, daß du
eine Mutter hast. Immer wieder erzählte die Mutter,
wie schlimm es gewesen sei, daß die Eltern morgens
beide fortgingen und sie ein Schlüsselkind auf der Straße war, herumgeschubst von einer Nachbarin zur andern. Sie war damals noch sehr klein. Alle Morgen habe
sie die Knie der Mutter umschlungen und ganz fest
gehalten und geweint: »Kopfele abschneiden, Kopfele
tragen«. Und diesen Satz wiederum hatte Johanna gehört, als sie selbst noch klein war. Und so nahm sie das
Kinderleid ihrer Mutter auf, das sich in diesen Worten
über eine Generation schmerzensfrisch erhielt.

Und dann war da noch dieses Deutungslose, ebenso
schlimm wie der Satz, in dem das Kind die Mutter aus

Liebe köpfen möchte. Jahrelang, immer wieder einmal, träumte Johanna, sie sei ein kleines Mädchen und beobachte, wie zwei fremde Männer die Mutter zu zwingen versuchten, ihren Kopf durch einen Maschendraht zu schieben. Nur war das ein ganz normaler Maschendraht, so wie der, der den Sportplatz des Viertels einzäunte und der im Sommer mit gelbem, staubigem Unkraut und wilden Winden bewachsen war. Kein Kopf paßte durch diese Maschen. Unmöglich konnte die Mutter ihren Kopf da hindurchzwängen. Johanna sah das Gesicht der Mutter nur im Viertelprofil, vor allem sah sie die schwarzen Locken und hinter dem Zaun schemenhaft die Männer. Aber da der Traum immer wiederkam, wußte Johanna schon träumend, daß die Angst und der Schmerz um die Mutter erst unerträglich groß werden mußten, so groß, daß sie den Traum durchbrachen und sie endlich aufwachte.

Albi mußte ihre Frage wiederholen.
Du weißt, was heut' für ein Tag ist?
Nein, was ist heut' für ein Tag? Ein Sonntag.
Ja, Sonntag. Aber die Resi, deine Großmutter, hat heute Geburtstag. Na, du weißt das nicht, aber heute hätte deine Großmutter Geburtstag gehabt.
So, sagte Johanna, während Albi schon weitersprach.

Zuhaus war da, wo das Flüßchen Zwittau die Dörfer Böhmisch Wiesen und Böhmisch Mähren trennt. In Böhmisch Mähren war die Großmutter geboren. Und vierundzwanzig Jahre später hatte sie auf der anderen Seite des Wassers ihr Kind zur Welt gebracht. Am Steg

an der Brücke unter der Weide hatte sie die Wäsche gewaschen, geschrubbt über einem geriffelten Brett. Die
ausgespülte Seife floß im seichten Wasser davon. In der
Schachtel im Eckschrank lag auch diese alte, geknickte
Fotografie. Am äußeren Bildrand sieht man die Gänse.

X

Mit der Großmutter und der Mutter war das Sudetenland an den Rhein gekommen. Denn Länder können
reisen. Sie reisen als Gerüche, als Bilder, als Geschichten. Sie reisen mit Reliquien und Rezepten. Sie sind da,
wo in ihnen gelebt wird. Natürlich war auch mit dem
Großvater das Sudetenland an den Rhein gekommen,
nur war das Sudetenland, das er mitbrachte, für Johanna
ein kleines Land, eigentlich nur ein wenig Erde, einige
Blumentöpfe voll Sudetenland. Sein Sudetenland war
die Schusterstube, die Geige und der gute Rat, wie man
Menschen erkennt. Wobei Johanna nicht glaubte, daß
er ihr diesen Rat selbst gegeben haben konnte, sie war
zu klein, als er starb, vielmehr wird sie das Sudetenland,
das der Großvater an den Rhein mitbrachte, aus den
sehr, sehr raren Geschichten kennengelernt haben, aus
dem fast Verschwiegenen, das die Großmutter und die
Mutter manchmal noch von ihm sagten.
Um also zu wissen, mit was für einem Menschen man
es zu tun habe, müsse man nur auf seine Schuhe und auf
seine Hände sehen. An den Schuhen und an den Händen erkenne man den Menschen, habe der Großvater
immer gesagt. Tatsächlich hatte Johanna sich ihr ganzes
Leben an diesen Rat gehalten. Daß der Großvater auf
die Schuhe und die Hände achtete, war eigentlich ganz
verständlich. Er war nicht nur Schuster, Schuhmachermeister, gewesen, auch wenn er dann in die Seidenfa-
brik hatte gehen müssen. Er hatte auch Geige gespielt.
Wie die Zigeuner, hatte die Mutter gesagt, was meinte,

80

daß er alles rein nach dem Gehör spielte, ohne je Noten gelernt zu haben.

Zu Johannas sehr frühen Erinnerungen gehörten Ausflüge in den Stadtgarten, wo es am Teich mit den Flamingos und den Seerosen einen Musikpavillon gab. Dort spielte der Großvater sonntags Geige vor großem Publikum, und die Mutter ging mit Johanna hin. Und Johanna meinte sich an einen Duft von leichter rosa Kunstseide zu erinnern und daran, daß das dicke, glänzende Haar der Mutter an diesen Sonntagen noch schwärzer gewesen war, und daran, daß die nackten Füße der Mutter in weißen Riemchensandalen steckten. Und Johanna wird sonntagsweiße Kniestrümpfe getragen haben, die ewig herunterrutschten auf perfekte mittelblaue Stiefelchen.

Um diese Zeit muß der Großvater eine Geliebte gehabt haben. Denn er spielte nicht nur Geige, er sang auch in einem Chor. Und in diesem Chor muß es einmal ein Pfänderspiel gegeben haben, bei dem der Großvater eine Frau aus dem Sopran küßte – um weiß Gott welchen Pfandes willen. Es sei dann nicht bei dem Kuß geblieben. Und diese Frau, sagte die Mutter bitter, habe den Großvater dann dazu gebracht, sich vor ihr, vor ihr! verleugnen zu lassen. Sie sei nämlich zu dieser Frau gegangen, um zu sagen, daß das aufhören müsse. Die habe sie aber nicht hereingelassen in die Wohnung und nur gesagt, der Vater sei nicht da. Die Mutter aber habe gewußt, daß er da war, sie habe im Flur an der Garderobe seinen Hut hängen sehen.

Daß die Großmutter in dieser Zeit einen Hirnschlag

bekommen hat und fast ein halbes Jahr gelähmt war, sah die Mutter in direktem Zusammenhang mit dieser Frau. Der Großvater habe dann von ihr abgelassen. Aber die Großmutter wurde nicht mehr die alte und behielt von der Lähmung einen schiefen Mund zurück, so daß sie auch nur noch schief lächeln konnte. Der Großvater ist dann bald gestorben. Er habe zuviel geraucht, sagten manche, das Herz, sagten andere. Da kam das Sudetenland an das Totenbett des Großvaters. Der Pfarrer nämlich, der auch einer von Zuhaus war, machte nicht viele Worte, aber er nahm die Geige des Großvaters und spielte ihm ein Lied.

Später, wenn sie einmal bei der Tante waren, der Tante mit den Eimern im Badezimmer, holte ihr Mann, der ein Bruder des Großvaters war, eine alte Tonbandaufnahme hervor, auf der er Akkordeon spielte und der Großvater Geige. Die Mutter wollte das Band aber nie hören, und sie wollte es schon gar nicht geschenkt bekommen, weil sie sich fürchtete vorm Weinen.
Die Mutter hat ihren Vater sehr geliebt, obwohl er sie geschlagen hat. Er hat sie geschlagen, wenn sie nicht Geige üben wollte, denn sie war musikalisch, und er wollte, daß seine musikalische Tochter gut Geige spiele. Sie aber wollte nicht, sie wollte acht Jahre lang nicht.
Er hat sie auch geschlagen, als sie die Wurst gegessen hat. Vielleicht hat er sie geschlagen, weil er sich selbst so sehr auf Wurst gefreut hat oder aber weil sie, wenn sie die Wurst so einfach aufaß, ungehorsam war. Johanna glaubte, daß die Mutter selbst nicht so genau verstanden hat, warum der Vater sie wegen der Wurst

so sehr schlug, jedenfalls konnte sie diese Geschichte erzählen.

Sie wohnten bei einem reichen Bauern im Ausgedinge. Und von dort war sie in den nächsten Ort geschickt worden, wo es einen Metzger gab, und sollte ein Stück Wurst kaufen. Sie hatte ein Kronenstück in der Hand und sollte für dieses Kronenstück ein so großes Stück Wurst mitbringen, wie es dafür eben eines gab. Auf dem Heimweg, der durch Wiesen führte an der Zwittau entlang, die eben gerade hier Böhmen und Mähren trennt, in dieser tschechisch-deutschen Provinz, zweihundert Kilometer von Prag und zweihundert Kilometer von Wien entfernt, auf diesem Heimweg, der eigentlich nicht weit war, aber doch weit für ein Kind, das ein Stück Wurst in der Hand hält, vor allem an einem Sommerabend, wenn es vielleicht schon Hunger hat und durch Wiesen läuft, da hat das Kind einmal von der Wurst probiert und war weitergelaufen an den hüfthohen Sommerblumen vorbei, und weil die Wurst wohl gut war, hat es noch einmal abgebissen und vielleicht gar nicht gemerkt, daß es noch einmal abgebissen hat, und das nächste Mal auch nicht. Und als es zu Hause ankam und dem Vater die Wurst geben wollte, da war von der Wurst nicht mehr viel da, nur noch ein bißchen mehr als das Zipfelstück vom Ende.

Daß ihr Vater sie aber auch sehr geliebt habe, auch wenn er sie geschlagen hat, das erzählte die Mutter in der Geschichte mit den feinen Schokoladen. In dem Ort, wo auch der Metzger war, gab es einen Laden, der Schokolade hatte, und vor Weihnachten lagen im Fenster kleine Schokoladenfiguren, jede einzeln eingewickelt. Manche in rosa und manche in ein blaues Stanniolpapier. Es gab viele verschiedene Figuren, Ringe, Sterne, Pferdchen, Glocken. Und als Weihnachten war, da hatte der Vater einen Weihnachtsbaum aufgestellt und den ganzen Baum mit den in Stanniolpapier eingewickelten Schokoladenfiguren geschmückt, aber nur mit den blauen. Den ganzen Baum, erzählte die Mutter immer wieder. Und daß sie wirklich kein Geld gehabt hätten, daß sie richtig arm gewesen seien, aber daß der Vater ihr zuliebe das dann doch einmal getan habe. Weil sie doch sein einziges Kind war und weil er wollte, daß sie sich freut.

XI

Johanna war auf den Balkon hinausgegangen. Über die Dächer zog der Himmel in rosa und violetten Lagunen. In der Ferne hörte sie das gleichmäßige Rauschen der Autobahn, ein Meer, das die Stadt umgab. Natürlich reisen Länder mit den Menschen, dachte sie, sie sind der Sand in den Tüchern der Tuareg, sie sind die Geigen, die die anderen Lieder kennen, sie sind die bunten Plastiktaschen voller Spitzendecken, sie sind die falsche Grammatik und das falsche Gefühl.

Es hatte kaum abgekühlt. Die Luft war immer noch voll feuchter, flimmernder Wärme. Ein Blütengeruch wie von Sperma kam aus den Schrebergärten herüber. Und Erinnerungen, dachte Johanna, können schweifen wie Rätsel, unerlöste Bilder, sichere Nomaden der Seele. Vermutlich kommen sie gerne mit den Toten, weil sie mit ihnen ihre Ruhe suchen.

Ohne daß sie es bemerkt hatte, war es spät geworden. Sie brauchte nicht auf die Uhr zu sehen, um zu wissen, daß sie die letzte Zugverbindung verpaßt hatte. Seltsamerweise schreckte sie die Vorstellung, nun in der Wohnung der Mutter übernachten zu müssen, weniger, als sie angenommen hatte. Ein eigenartiger Trotz überkam sie, fast schon Gelassenheit.

Ich habe Hunger, dachte sie, und ich halte es aus. Ich halte es aus, hier und später. Und ich werde den Gekreuzigten über den gestärkten, in der Mitte geknickten Kopfkissen im Ehebett entsorgen und die Kisten voller gestempelter Schachaufgaben des Vaters, all die

Unikate, die er seit Jahren zu einem Buch versammeln wollte, und das nicht beendete Strickzeug der Mutter mit den unendlich filigranen, unendlich mühsamen Blattmustern in drei kaum zu unterscheidenden Pastellfarben. All ihre Arbeit, ihren Glauben, ihre Liebe, ihre Hoffnung werde ich entsorgen. Ich werde das aushalten. Aber ich werde nicht ihr Leben weitertragen, das ihnen selbst zu schwer gewesen ist.

Sie überschlug, daß sie seit gut vierundzwanzig Stunden nichts mehr gegessen hatte. Und sie hatte Durst. Sie hatte keine Lust auf alte Nudeln, alten Reis, Tütensuppen, Knäckebrot, Fisch- oder Rindfleischkonserven, die es sicher noch gab in der kleinen Vorratskammer hinter der Küche. Johanna kannte die nebeneinandergereihten Plastikdosen mit den ausgeblichenen bunten Deckeln, die schon Sprünge hatten. Und sie kannte die dünnen Fäden, die weißen Maden, den muffigen Geruch. Immer noch, ein, zwei Generationen nach dem Krieg, schien sich die Not in den modernen Resopaleinbauküchen zu halten, zahme Miniaturen des Hungerns und Hamsterns. Ihr Vater hat nicht vom Krieg gesprochen, ihre Mutter nicht von der Vertreibung, aber sie haben sprachlos mit Krieg und Vertreibung gelebt. Und in dieser Sprachlosigkeit haben sie Krieg und Vertreibung verkapselt und weitergetragen, wie ein kostbares Gut von Leid. Sprechend hätten sie es aufbrechen müssen und teilen wie Brot. Aber vielleicht mußten sie es ganz für sich behalten. Die Wörter, mit denen sie es hätten teilen müssen, werden ihnen nicht gereicht haben, dachte Johanna. Ihr Leid hatte einen schmerzhaften Glanz, es war unantastbar. Es war ihr

Leid und ihr Schmerz und ihre Scham. Es war ihr heimlich-offenbarer Herzensgral, vor dem dann auch das Kind am Küchentisch hockte. Man weiß, wenn man im Krieg ist, dachte Johanna, aber wenn man in der Kindheit ist, weiß man es nicht.

Vom Krieg hatte es zwei Fotografien gegeben, die der Vater mitbrachte. Auf der einen saß eine Gruppe junger Männer zusammen am Boden, und einer hielt ein Schild hoch, ein Pappschild, auf dem in sauber gemalten Buchstaben stand: »Nie wieder Krieg«. Und auf dem anderen Foto war nichts gewesen als ein Pferd, ein schwarzes Pferd eigentlich, aber da das Foto ausgeblichen war und wohl auch schlecht belichtet, war dieses schwarze Pferd grau. Wenn der Vater vom Krieg gesprochen hatte, hatte er von dem Pferd gesprochen. Räpple hieß es, und es sei ein sehr braves Pferd gewesen. Es habe nur eine etwas irritierende Eigenschaft gehabt: es sprang nicht. Es sprang über keinen Graben. Und immer wenn da ein Graben war, dann würde es überhaupt keinen Sinn gehabt haben, das Pferd anzutreiben, es würde mit Sicherheit im letzten Augenblick alle vier Beine gegen den Graben gestemmt haben und nicht gesprungen sein. Deshalb, der Vater hatte immer gelächelt, wenn er an diese Stelle der Geschichte kam, habe er jedesmal das Pferd lieber vorher angehalten, sei abgestiegen und habe das Pferd langsam durch den Graben geführt.

Und wenn die Mutter vom Krieg sprach, dann erzählte sie, wie die Bomben gefallen seien in dieser fremden Stadt, und es habe geregnet, und sie sei dagestanden in einem Kreppkleid mit großen roten Blumen drauf und neben sich einen Koffer aus gepreßtem Karton, der langsam aufweichte, und im Regen hätten dann auch die Blumen angefangen zu zerfließen, und sie sei einfach nur still dagestanden und habe gedacht, sollen die Bomben doch fallen.

So war für das Kind der Krieg ein Pferd, das nicht sprang, und das Aquarell einer Mutter im Blumenkleid unter Bomben im Regen.

Sie haben nichts erzählt, dachte Johanna. Und ich habe mit ihren Geschichten gelebt, die ich nicht kannte, die aber doch unsagbar da waren, alle Tage.

Sie sah gegen den Himmel, der nun fast indigofarben war, bis auf letzte Schlieren von verglimmendem Rot. Sie hatte Hunger. Eine Pizza, dachte sie. Ich würde gerne eine Pizza essen.

Sie schloß die Balkontür und drückte sich zwischen dem hohen ledernen Fernsehsessel und dem Wohnzimmertisch hindurch und am Couchtisch und einem zweiten Sessel vorbei. Das Telefon stand auf einem Beistelltisch neben der Tür, vor dem ein dritter Sessel stand. Sie wußte die Nummer des Pizzaservice nicht. Das Telefonbuch mußte in der Schublade einer der Kommoden im Flur sein. Oder sollte sie einfach die Auskunft anrufen? Da fiel ihr die Wäsche ein.

Was ich jetzt auch mache, dachte Johanna, ist falsch. Es gibt keine Oberfläche. Es gibt keine Wäsche. Die Wäsche ist die Wäsche ist die Wäsche ist die Wäsche. Und deshalb ist falsch, was immer ich jetzt auch tue. Es war ein völliger Unsinn, diese Wäsche zu waschen, es wäre ein völliger Unsinn, diese Wäsche nun aufzuhängen, egal wo, über der Badewanne, auf dem Balkon, im Flur. Ich sollte sie wegwerfen. Ich sollte die nasse Wäsche aus der Trommel in den Plastiksack des Krankenhauses stecken, der immer noch im Flur liegt, und hinunter an den Container bringen.

Aber das ginge nicht. Die nasse Wäsche würde zu schwer sein für den Plastiksack aus dem Krankenhaus. Er würde reißen, und die nasse letzte Wäsche der Mutter würde auf die Treppe im Hausflur des Wohnblocks fallen oder unten auf die von kleinem Moos durchzogene Pflasterung des Hofs. Welche Schande! Aber es ging nicht darum, ob der Plastiksack reißen könnte. Sie könnte die Wäsche in zwei feste Plastiktüten stecken, oder in drei oder in vier. Die Mutter sammelte ja alles und besaß Kisten voller Plastiktüten in allen Größen und Stärken, akkurat gefaltet und aufeinandergelegt. Über jede Kiste war ein Hosengummi gespannt, damit die Tüten schön liegen blieben. Darum ging es nicht.

Johanna ließ sich wieder in den riesigen Sessel neben dem Telefon fallen. Ich werde gehen, dachte sie, ich werde jetzt aufstehen und gehen. Die Straßenbahnen fahren noch. Ich nehme eine in die Stadt, es gibt dort genügend Hotels. Morgen sehe ich klarer. Ich gehe jetzt, dachte Johanna, ich gehe. Und sie blieb.

XII

Als es klingelte, ging Johanna an die Gegensprech-
anlage im Flur. Das mußte der Pizzaservice sein. Eine
Frauenstimme antwortete.

Vierter Stock, sagte Johanna und hörte gleich darauf,
wie sich der Aufzug in Bewegung setzte. Sie ging zurück an den Spiegel und fuhr sich mit den Fingern
durch die Haare. Sie hörte, wie der Aufzug auf dem
Zwischengeschoß hielt, dann kamen Schritte die Treppe
hoch. Johanna stieß an den Wäscheständer, aber es war
zu eng, als daß er hätte umkippen können, und die nasse Wäsche machte ihn schwer.

Pizzaservice, hörte sie die Stimme nun hinter der Wohnungstür.

Johanna öffnete. Vor ihr stand eine mittelgroße Frau in
einem lachsfarbenen T-Shirt. »Paradies Pizza« lief ihr
in schwarzen Lettern über die Brust. Ihre Locken hatte
sie nach hinten zu einem lackschwarzen Pferdeschwanz
zusammengebunden.

Pizza Margherita und ein Acqua minerale! Bitte!

Im Dämmerlicht des Hausflurs war das Gesicht der
Fremden kaum zu erkennen. Sie streckte ihr den papp-
weißen Pizzakarton entgegen. Danke, sagte Johanna
und nahm ihr die Schachtel ab. Sie stellte sie auf den
Wäscheständer hinter sich, um auch das Mineralwasser
leichter fassen zu können. Macht neunzwanzig bitte,
sagte die Frau und zog eine Börse aus ihrer Gürteltasche. Einen Augenblick, sagte Johanna, einen Augenblick, und stellte die Wasserflasche auf den Boden.

Sie hatte keine Ahnung, wo ihr Geldbeutel war. Sie drehte sich um und schaute ziellos durch den Flur. Hier irgendwo sollte ihre Handtasche sein. Entschuldigen Sie, sagte Johanna hastig, wenn Sie vielleicht kurz hereinkommen könnten, ich suche meine Handtasche. Sie schob den Wäscheständer so gut es ging zur Seite, aber die Frau blieb im Hausflur stehen. Sie fand die Handtasche auf der Ablage vor dem Spiegel, doch das Geld war nicht drin. Sie mußte das Portemonnaie in der Straßenbahn in die Jackett-Tasche gesteckt haben, nachdem sie die Fahrkarte, die sie immer dort aufbewahrte, abgestempelt hatte. Wo aber war das Jackett? Einen Augenblick bitte, sagte sie, aber kommen Sie doch kurz herein, ich hab es gleich.

Das Jackett hing nicht im Flur, und es lag auch nirgends im Wohnzimmer.

Sie hörte, wie die Pizzabotin in den Flur trat und dann weiter in die Küche ging. Dort setzte sie sich an den Küchentisch.

Das Jackett war auch nicht im Bad. Es mußte doch im Flur sein. Johanna schob den Wäscheständer nochmals zur Seite. Neben dem Schuhschrank unter der Garderobe war es auf den Boden gerutscht. Sie hob es auf. Der Geldbeutel steckte in der Seitentasche. Sie nahm die Wasserflasche vom Boden und griff nach der Pizzaschachtel, die noch schief über den Klammern auf dem Wäscheständer lag.

Die Pizzabotin saß still in der Küche. Sie sah Johanna entgegen. Sie hatte die Hände auf die geöffneten Knie gestützt, wie Kinder es tun, wenn sie gespannt darauf warten, daß etwas beginnt. Das Braun ihrer Hände und

Beine hob sich kaum von der Farbe der Shorts ab. Ihre
Sportschuhe waren weiß. Sie lächelte. Johanna lächelte
fahrig zurück. Sie sieht sportlich aus, dachte sie. Sie
wirkt jung, sie wird aber älter sein, sicher so alt wie ich.
Ihre Hände. Warum steht sie jetzt nicht auf? Warum
macht sie so eine Arbeit, nachts mit Pizza durch die
Gegend fahren? Das war doch ein Job für junge Leute.
Johanna kramte in ihrem Geldbeutel nach den Scheinen.
Furchtbar schwül heute!
Ja, und das bleibt die ganze Nacht so.
Johanna nickte und zog die Scheine heraus. Sie müssen
die ganze Nacht arbeiten? Sie legte ihr das Geld auf den
Tisch. Stimmt so. Johanna setzte sich.
Danke. Kommt drauf an. Wir sind fünf. Sie griff nach
dem Geld. Bei uns geht es der Reihe nach. Die Aufträge
bekommen wir als SMS. Das ist ein bißchen wie Bereit-
schaftsdienst. Sie lachte. Aber heute ist kein Tag für
Pizza. Sie zog am Reißverschluß der Gürteltasche und
steckte die Scheine ein. Bei so einem Wetter sind alle
draußen. Die Leute grillen in den Schrebergärten oder
an den Seen.
Ihre Zähne waren sehr weiß. Sie wischte sich über die
Stirn. Johanna sah die Schweißperlen, die ihr über den
dunklen Augenbrauen noch am Haaransatz klebten.
Schneewittchen, dachte sie auf einmal. Ihre Mutter war
ein Schneewittchen gewesen. Ein verwirrtes, hinter den
sieben Bergen gestrandetes Schneewittchen. Weiß wie
Schnee, rot wie Blut, schwarz wie Ebenholz. Und vielleicht ist sie ihr Leben lang in einem Glassarg gelegen.
In Erwartung eines Prinzen oder eines Kindes, das sie
erlöst.

Auf einmal spürte Johanna, daß sie allein war.

Die Pizzabotin war jetzt aufgestanden.

Sie sind mit dem Fahrrad unterwegs? fragte sie schnell.

Die Fremde nickte; ihr Pferdeschwanz flog in den Nakken und wippte dann an der Schulter aus. Manche von uns nehmen auch die Vespas oder im Winter eins der kleinen Autos. Aber ich habe keinen Führerschein. Sie drehte sich zur Tür.

Jetzt erst fiel Johanna auf, daß sie ein fremdes Deutsch sprach.

Sie sind doch nicht von hier, oder? Sofort tat es ihr leid, daß sie diese Frage gestellt hatte. Es ging sie nichts an, wo diese Frau, die ihr mitten in der Nacht eine Pizza brachte, zu Hause war.

Die Pizzabotin drehte sich um und lachte. Nein, nicht von hier. Sie atmete tief ein und fuhr sich mit beiden Händen von den Schläfen zurück durch das Haar. Sie sah Johanna an, als überlege sie etwas.

Ich bin aus Rußland, sagte sie dann schnell.

Aus Rußland, wiederholte Johanna verlegen.

Aus Kasachstan, vom Kaspischen Meer.

Vom Kaspischen Meer.

Johanna gab den fremden Namen ein Echo, als könnte so eine Geschichte beginnen.

Ich war Lehrerin. Lehrerin für Russisch und Deutsch in Aktau, oder Schewtschenko, wie es früher hieß, am Kaspischen Meer, eine Stunde von Baku, Aserbaidschan, und eine Stunde von Krasnowodsk, Turkmenistan, entfernt. An der Seidenstraße, wenn Sie wollen. Ich war Lehrerin, bis die Schulen zumachten, und auf einmal machten die Schulen zu, wenn die Lehrer kein Kasa-

93

chisch konnten. Und bald sollten wir nicht nur die
Klassenzimmer räumen, sondern auch unsere Häuser.
Die Flüge nach Moskau waren bezahlbar, ein Koffer,
zwanzig Kilo, ist schnell gepackt. Sie zuckte mit den
Schultern. Das ist eine Allerweltsgeschichte! Die Zei-
tungen sind voll davon.

Johanna nickte unsicher. Sie war nun ebenfalls aufgestanden und lehnte sich gegen die Spüle. In ihrem
Rücken lagen die Hände auf dem kühlen Metall.

Und jetzt fahren Sie in Deutschland Pizza aus? Sie
wußte nicht, was sie sagen sollte, aber sie wollte, daß
die Fremde weitersprach, und so tastete sie sich vorsichtig an den Sätzen entlang, die zwischen ihnen schon
sicher waren.

Ja. Das ist ja nicht schlecht. Manche von uns gehen
putzen. Andere sind Altenpflegerinnen, aber ich habe
einen kranken Vater zu Hause. Das genügt erst einmal.
Ich habe auch Kinder gehütet, diese verwöhnten Kleinen, einsam und tapfer mit ihren tapferen Manager-
müttern. Das ist mir zu traurig. Jetzt bringe ich nur
noch Pizza, frische warme Pizza. Pizza mit Schinken,
Pizza mit Salami, Pizza mit Gemüse. Da ist ganz klar,
was ich zu bieten habe.

Sie tastete nach ihrer Gürteltasche, als müsse sie prüfen,
ob sie richtig sitze.

Gleich ist sie fort, dachte Johanna.

Und ich habe das Fahrrad, ich habe einen Fixlohn und
das Trinkgeld. Ich bin frei.

Frei, dachte Johanna, paradiespizzafrei, wahrscheinlich
gibt es auch das, eine Paradiespizzafreiheit, und ohne
es recht zu bemerken, hatte sie weitergefragt. Und Sie

haben keine Angst? So nachts alleine in die fremden Häuser?

Was heißt denn Angst? Die Pizzabotin hatte sich lächelnd ein wenig umgedreht und spiegelte sich als Schatten in den glänzenden Resopalflächen des Einbauschrankes. Mit der flachen Hand fuhr sie vorsichtig darüber, als berühre sie Samt. Wissen Sie, ich war beim Militär. Ich habe keine Angst mehr. Nun sah sie Johanna wieder an. Aber natürlich, da gibt es immer wieder Leute, so um Mitternacht, und später, die können nicht schlafen, die wissen nicht, was sie tun sollen um diese Zeit, die bestellen dann eine Pizza einfach nur, weil sie wollen, daß jemand vorbeikommt. Nur das. Ich möchte nicht wissen, wie viele meiner Pizzen in den Müllcontainern landen, kalt, am nächsten Morgen. – Sie fuhr sich über die geschlossenen Lider, und Johanna sah, daß sie erschöpft war.

Aber bisher war nichts. Mir ist nie was passiert. Ein wenig Melancholie, ein bißchen Verlegenheit, Sehnsucht vielleicht. Und die andern Männer, die aggressiv werden könnten, die spüren wohl, daß ich keine Angst habe. Angst muß man sich auch leisten können.

Johanna sah sie an.

Sie lachte. Sich vor Verletzungen fürchten kann das Leben kosten.

Lernt man das beim Militär?

Nein, das lernt man beim Desertieren. Das lernt man, wenn man wieder anfängt. Und wenn ich beim Pizzaaustragen Angst habe vor Menschen zu ungewöhnlichen Zeiten in privaten Zimmern, dann ist es besser, ich suche mir eine andere Arbeit. Aber ich mag meine Arbeit. Und so viele Leben habe ich nicht mehr.

Dann schwieg sie und sah zum Fenster, zu den Häkelgardinen, zu dem Fensterbrett, auf dem die aufgereihten Blumentöpfe standen mit den Geranienzöglingen und den Zwergen, das Bastkörbchen voller Medikamentenschachteln und Döschen, das Transistorradio mit den abgegriffenen Knöpfen.

Johanna schluckte, als würde sie nun etwas sagen müssen, aber die Fremde schien nicht irritiert.

Sie wohnen hier?

Sie will noch nicht gehen, dachte Johanna, sie hat Zeit. Aber bevor Johanna geantwortet hatte, tippte die Fremde mit dem ausgestreckten Zeigefinger auf die Schachtel auf dem Küchentisch.

Die Pizza wird kalt.

Weiß wie Schnee, rot wie Blut, schwarz wie Ebenholz, dachte Johanna.

Was ist? Die Pizza wird kalt!

Entschuldigen Sie, sagte Johanna, sie sah hoch von den braunen Rauten und Streublümchen und legte die flache Hand auf den warmen Karton. Dann war das Lied da wie Zahnweh. »Oh mein Papa, war eine wunderbare Clown, oooh mein Papa, war eine große Kiiinstler, hei wie er lacht …« Johanna hatte sich wieder gesetzt. Die Pizzabotin war unschlüssig stehengeblieben.

Bleiben Sie, sagte Johanna und erschrak. Bleiben Sie doch noch ein wenig.

Die Fremde stand vor ihr wie hingegossen im Neonlicht, eine amorphe Verlängerung der Einbauküche aus Resopal. Johanna spürte, daß sie auf eine Erklärung wartete.

Sie sah auf die Küchenuhr. Es war eine knappe Stunde vor Mitternacht.

Sie hören es doch, wenn ein Auftrag kommt, oder? Sie haben ja das Handy. Sie sind zu fünft, und Sie waren gerade dran mit Ausliefern.

Der Blick der Pizzabotin wanderte von der Chromarganspüle zur Häkelgardine, zur Wachstuchtischdecke, zu Johannas Gesicht.

Wissen Sie, setzte Johanna nun nach, es ist ganz einfach. Ich habe heute Geburtstag. Ja, heute ist mein Geburtstag. Und ich mußte ja leider den ganzen Tag arbeiten, wie das so ist, und bin deshalb überhaupt nicht dazu gekommen zu feiern. Bleiben Sie doch noch einen Augenblick, essen Sie ein Stück Pizza mit mir! Sie hatte sehr schnell gesprochen, fast haspelnd.

Jetzt lachte die Fremde auf.

Johanna schwieg und ließ die Hände von der Tischplatte rutschen.

Entschuldigen Sie, natürlich, es ist albern, gerade Sie zu einer Pizza einzuladen, natürlich, entschuldigen Sie, es ist schon spät.

Die Pizzabotin lächelte. Eine Geburtstagspizza ganz allein, das bringt kein Glück für das neue Lebensjahr. Da haben Sie recht.

Johanna sah sie vorsichtig an. Schien es ihr nun nur so, oder lag ein wenig Sympathie in ihrer Stimme, oder zumindest Neugier?

Es gibt noch Lambrusco im Fahrradkoffer, wir machen hier jetzt ein bißchen Tari Bari.

Tari Bari?

So heißen die kleinen Restaurants bei uns. Und Tari Bari ist auch, ja, das ist schwer zu sagen, also wenn man bei uns fragt: na, was machst du so? Und der andere sagt: bah, Tari Bari! dann meint er, ich weiß nicht so recht, was ich mache.

Tari Bari, sagte Johanna.

XIII

Der Vater war immer für Neuerungen gewesen, die Mutter hatte vor allem Neuen Angst gehabt. Nur in den seltensten Fällen konnte sich der Vater durchsetzen. Zu Weihnachten durfte er auf einen gewissen Bewegungsspielraum hoffen. Einmal hatte er im Schutz des heiligen Festes dieses Grammophon gekauft. Die Mutter hatte die Bedrohung, die es mit sich bringen würde, abgewogen gegen das Mehr an inniger Weihnachtsstimmung, das es versprach. Im Unterschied zur Mutter war der Vater ganz und gar nicht musikalisch gewesen. Er hörte nicht gerne Musik, und in der Kirche sang er falsch. Er hatte das Grammophon gekauft wie eine Anzahlung auf eine bessere Zukunft. Auch die Nachbarn hatten schon ein Grammophon. Mit ihm, das jetzt Plattenspieler hieß und in ganz avantgardistischen Ausführungen einen automatischen Arm haben konnte, der in knackender Robotereleganz bis zu zehn Platten selbständig wechselte, hielt ein neuer Lebensstil Einzug ins Wohnzimmer.

Die Familie besaß zunächst eine Langspielplatte mit Weihnachtsliedern, später wurde für die Tochter, die sich eigentlich »Ich will 'nen Cowboy als Mann« gewünscht hatte, eine zweite Langspielplatte mit deutschen Volksliedern gekauft. »Ännchen von Tharau« und so. Der Mutter war der Plattenspieler trotz der durch ihn vielleicht verbesserten Weihnachtsstimmung suspekt gewesen. Insgeheim hatte sie Angst, die Stimmung, die er verbreitete, könnte die Familienstimmung, deren Leitton doch vor allem sie selbst erzeugte, gefährden. Doch

99

dann schlug sie zur Überraschung des Vaters den Kauf einer kleinen Platte vor. Im Radio, das lief, wenn sie putzte, hatte sie das Lied gehört, das Lied vom Vater, der ein wunderbarer Zirkusclown war, gesungen von seiner Tochter. Dieses Lied hatte sie besitzen wollen. Auf der Rückseite der Platte war ein anderes Lied gewesen, das die Mutter dann wie ein persönliches Geschenk empfing. Normalerweise, sagte sie, ist nur ein Lied auf einer Platte gut. Das auf der zweiten Seite tauge nichts. Bei dieser Platte aber sei das nicht so. Diese Platte habe zwei schöne Lieder, das Lied auf der zweiten Seite sei vielleicht sogar noch schöner als das Lied auf der ersten.

Das Lied auf der zweiten Seite war ein Mutterlied, gesungen vom Sohn. Die Sängerin der Platte hatte eine Stimme, mit der sie wie eine Tochter und wie ein Sohn singen konnte. Der Refrain hieß »Solche Pferde wollt ich nicht«. Der Junge sang eindringlich seine Mutter »Mamatschi« an, mit der Bitte, sie möge ihm ein Pferdchen schenken, ein Pferdchen wäre sein Paradies. Der Knabe wird groß, und er erhält zu den verschiedenen Gelegenheiten Pferde geschenkt. Und obwohl er sich doch nur ein Pferdchen wünschte, sind es jedesmal zwei, zwei wunderschöne Pferde, doch immer ist er enttäuscht und singt mit so einer abgründig ungestillten Stimme »Solche Pferde wollt ich nicht«. Es hatte Johanna jedesmal weh getan. Der Junge will kein Pferdepaar aus lackiertem Holz und keines aus Marzipan, und Johanna wußte nicht mehr, welche Pferde ihm während seines Kinderlebens sonst noch angeboten worden waren. Aber immer weinte er. Denn eigentlich war doch von Anfang an klargewesen, daß er ein wirkliches Pferd wollte, ein Pferd aus Fleisch und Blut, auf dem er würde reiten können. Die letzte Strophe handelte nun tatsächlich von echten Pferden, von wunderschönen, echten Pferden, die hufeklappernd zum Haus kamen. Es waren aber die Totenpferde, die den Sarg der Mutter abholten. Und wenn er nun sang: »Solche Pferde wollt ich nicht«, dann war das ein todtrauriges Eingeständnis seiner Schuld. Er war schuld, daß die Mutter hatte sterben müssen, um ihm auch noch die letzte Variante des gewünschten Pferdchens zu geben. Sie starb an seinem Verlangen, das offensichtlich maßlos war.

Hätte die Mutter noch leben können, wenn sich der Sohn mit der guten Mutter, mit den innigen Muttergaben begnügt hätte statt von ihr, ausgerechnet von ihr, ein fremdes Paradies, ein Pferd zu wollen? Ein Pferd zum Reiten.

Die Mutter hatte beide Lieder immer wieder gehört. Sie selbst war putzend, staubwedelnd, naßwischend, aufräumend die Tochter gewesen, die den wunderbaren Vater besang, und Johanna, die auf dem Küchentisch saß und wartete, bis der marmorierte Stragulaboden trocknete, Johanna war der Junge gewesen, der in seiner Kindersehnsucht Rückseite um Rückseite rücksichtslos so lange Pferde wünschen würde, bis die Mutter daran sterben mußte.

Das unheimlichste an diesem Lied war doch dieses Flehen gewesen, das die Bitte an die Mutter mit der unverstandenen Bitte um ihren Tod verband.

Wenn du dir Pferde wünschst, willst du, daß ich sterbe, sagte das Lied. Und es sagte auch: Paß auf, was du dir wünschst, Wünsche können Mütter töten.

Am Rhein hatte es eine weitläufige Schwimmbadanlage gegeben mit Spielplätzen und Sportplätzen und drei Becken. Ein Becken war ein normales Schwimmbecken, rechteckig, nach hinten tiefer werdend, blau, ein anderes, ein ganz neues, begann sanft gekachelt wie ein majolikablauer Strand, und jede halbe Stunde wurde das Wasser in Bewegung gesetzt, es gab richtige Wellen. Wie am Meer, dachte Johanna damals, obwohl sie nie am Meer gewesen war. Man konnte dann mit den Wellen springen und sich hochheben lassen oder hinten im Tiefen in den Wellen schwimmen. Das dritte Becken war kein richtiges Becken, sondern ein künstlicher See, der durch eine Umleitung des Rheinwassers entstanden war. Er lag da, wo die mäandernden Altrheinarme mit ihren Seerosen an die Schwimmbadanlage grenzten. Hier war der Boden sandig oder schlammig, und das Wasser war grün oder braun, jedenfalls nicht schwimmbadblau. Von einem fünf Meter hohen hölzernen Sprungturm konnte man hineinspringen. Johanna hatte sich das nie getraut. Aber oft sah sie von weitem den größeren Springern zu. Es waren meist junge Männer, unter ihnen viele Amerikaner, die anders lachten und anders riefen, und manche von ihnen hatten dunkle Haut. Jedenfalls gab diese Lagune am Rhein mit ihrer Brise von algigem Flußwasser der Schwimmbadanlage einen anderen, einen ernsteren Hauch.

Es gab auch ein Restaurant, aber das war zu teuer und kam nie in Frage, und einen Kiosk, der Brause und Eis hatte, und daneben unterhielt ein Mann hinter dem Seitenfenster seines kleinen Lieferwagens einen Senfbrotstand. Er schnitt halbweiße Brote auf, bestrich sie mit

Senf und verkaufte sie je nach Größe. Die Brotscheiben vom Anschnitt waren kleiner und deshalb billiger als die Scheiben zur Brotmitte hin. Aber auch die großen Scheiben aus der Mitte des Brotlaibs kosteten nur Pfennige. Johanna liebte das Schwimmbad, vor allem das Becken mit den blauen Wellen, sie liebte die mit Spucke in der Hand aufschäumende Ahoi-Brause und die frischen Senfbrote.

Und es war ganz normal, daß die Kinder aus der Siedlung, wenn es heiß war – und hier in der Rheinebene war es spätestens ab dem 1. Mai, wenn das Schwimmbad traditionell öffnete, heiß bis weit in den Oktober hinein –, mit ihren Fahrrädern nachmittags ins Schwimmbad hinausfuhren.

Die Mutter aber wollte nicht, daß ihr Kind ohne sie, also alleine, ins Schwimmbad ging. Mit ihr zusammen konnte es allerdings auch nicht gehen. Denn Schwimmbad war nichts für die Mutter. Ausziehen wollte sie sich nicht, da würde man die Krampfadern an ihren Beinen sehen, und angezogen auf der Decke zu sitzen sei ihr zu warm und zu langweilig. Sie schwitze nicht, sagte sie, ob ihre Tochter immer noch nicht wisse, daß sie nicht schwitzen könne. Sie halte die Hitze nicht aus, sie bekomme keine Luft, ihr werde schlecht.

Daß die Mutter nicht schwitzen konnte, war Johanna immer schon unwahrscheinlich vorgekommen, da die Mutter aber fast wütend darauf bestand, nahm die Familie diesen Umstand eben hin. Die Hitze war für die Mutter gefährlich.

Außerdem mochte die Mutter nicht so weit hinausfahren mit dem Fahrrad. Für den Weg brauchte man immerhin eine gute halbe Stunde. Die Vorstellung, die Mutter solle mit der Tochter ins Schwimmbad gehen, war ganz offensichtlich eine Zumutung.

Warum die Mutter nicht wollte, daß ihre zehnjährige Tochter allein mit ihren Freundinnen ins Schwimmbad ging, war nicht recht einzusehen. Johanna konnte gut Fahrrad fahren, sie hatte bei der Polizeiprüfung in der Schule sogar einen Preis bekommen, ein kleines Taschentuch mit Stoppschild, Kreisverkehr und Vorfahrtszeichen drauf, und Johanna schwamm wie eine Robbe. Sie war bei den ersten ihrer Klasse, die den »Freischwimmer« gemacht hatten, das hieß, man mußte sich im tiefen Becken des Stadtbades zwanzig Minuten über Wasser halten und dann drei Reifen vom Beckenboden heraufftauchen. Über solche Anforderungen hatte Johanna nur lachen können.

Die Mutter wußte das alles. Und doch hielt sie an ihrer mütterlichen Angst vor dem Schwimmbad fest. Was immer alles passiere! Was alles passieren könne!

Zu Hause könne dem Kind nichts zustoßen. Es sei in Sicherheit. Und vor allem, es sei nicht fort. Denn Schwimmbad hieß auch, Johanna würde nicht mit ihr einkaufen, nicht mit dem Fahrrad losradeln zu einem der anliegenden Supermärkte, wo man Stunden zwischen den hohen Regalreihen verbrachte und Preise prüfte, und sie würde nicht mit ihr Kaffee trinken und den Tag bereden. Und wahrscheinlich wäre sie auch nicht rechtzeitig zurück, um mit ihr die Tomaten zu waschen, die Radieschen und den Schnittlauch zu schneiden für die Butterbrote am Abend.

Die Mutter wollte nicht alleine sein.

Das Kind aber wollte ins Schwimmbad.

So stand es im Flur und drängelte und bettelte, und die Mutter sträubte sich, es sei zu gefährlich. Und endlich, als Johanna das »zu gefährlich« immer wieder und nun schon fast zornig und in der aufkommenden Enttäuschung nicht nur den Kopf, sondern den ganzen Körper schüttelnd verneinte, da sagte die Mutter endlich: »Wenn dir etwas passiert, dann bringe ich mich um.« Johanna wußte noch, daß sie damals sofort stockte und verstand: Was war denn ein Sommernachmittag im Schwimmbad gegen den möglichen Tod der Mutter! Warum, dachte Johanna und stellte versonnen die zwei Wassergläser neben die Teller für die Pizza, warum hat sie damals nicht gesagt: Wenn du nicht aufpaßt, kannst du ertrinken. Bitte, paß auf dich auf! Warum war sie sich so sicher, daß ihr Tod die Steigerung meines Todes sein müßte. Aber wie dem auch sei, dachte Johanna und öffnete den Pizzakarton, dann habe ich es jetzt ja hinter mir, das Schlimmste kann mir also nicht mehr passieren.

Mit der Zeit hatte Johanna es dann durchgesetzt, schwimmen gehen zu dürfen. Aber die flammende Angst vor der Angst der Mutter, die Angst um die Mutter, begleitete sie auf dem sausenden Fahrrad und noch in den hohen Wellen wie früher ihr aufjubelnder Sopran.

Johanna schnitt die Pizza in Kuchenstücke. Der Geruch von geschmolzenem Käse, Tomaten und Hefeteig stieg auf. Die Pizzabotin goß Lambrusco in die Wassergläser. Ihre Arme kreuzten sich über dem Tisch. Die

Fremde lachte und stieß mit dem Boden ihres Glases an den Trinkrand des anderen. Sie sagte etwas auf russisch, das Johanna für einen Trinkspruch oder auch für einen Geburtstagswunsch nahm, und sie lachte zurück. Sie tranken. Johanna hatte Durst und nahm noch einen Schluck. Und die Pizzabotin nickte ihr zu und trank auch noch ein zweites Mal. Der Lambrusco war warm und durchgeschüttelt schaumig. Johanna fand ihn wunderbar. In einem alten Roman hatte sie einmal über ein Fest gelesen: »Der Wein stellte bunte Tapeten zwischen die Gäste.« Und so hatte sie jetzt das Empfinden, eine gemusterte Stille wachse um sie und öffne und umschließe zugleich einen geschützten Raum.

Dann aßen sie die Pizzastücke aus der Hand. Johanna hatte nicht daran gedacht, Besteck aufzulegen. Doch als es ihr einfiel, winkte die Pizzabotin ab. Johanna stand auf, um wenigstens zwei Blatt von der Küchenrolle zu holen, die über der Spüle hing. Sie faltete die Papierabrisse auf dem Wachstuch und hielt der Fremden eines hin. Aber die leckte nur das Öl von den Fingerspitzen und steckte das Papier neben den Tellerrand.

Was machst du hier? Du wohnst hier doch nicht.

Johanna freute sich über das plötzliche Du wie über ein Geschenk und wischte sich mit der Serviette den Mund ab: Meine Tante. Ich hüte ein bißchen die Wohnung meiner Tante. Sie ist auf Kur, und ich gieße ab und zu die Blumen und so. Und heute hab ich ihre Wäsche gewaschen, und dann fahre ich eben morgen nach Haus.

Svetlana, übrigens. Die Pizzabotin lachte.

Johanna.

Sie stießen ihre Gläser aneinander.

Und woher kommst du?

Johanna nannte den Namen ihrer kleinen Stadt, der Svetlana freilich nichts sagte, und erzählte von der Zweigstelle der Stadtbibliothek, in der sie arbeitete, Abteilung Kinder- und Jugendbuch. Und daß sie lieber bei den Reisebüchern wäre.

Die Reisebücher sind bei uns aber bei der Belletristik, und da wollen alle hin. Sie kaute. So im ganzen ist es eine ziemlich ruhige Arbeit, weißt du, Bücher ausgeben, Bücher wieder zurücknehmen, einordnen. Neueingänge katalogisieren. Mit den Kindern reden. Sie fragen mich, was sie lesen sollen, wenn sie die Sams-Kassetten in- und auswendig kennen und Harry Potter schon fünfmal durchhaben, und manchmal brauchen sie auch etwas für ein Referat in der Schule, die Metamorphosen der Maikäfer, die Befruchtung der Eichkätzchen, die Geheimnisse einer Dampfmaschine, Artus' Tafelrunde und so. Einmal im Monat machen wir einen Vorlese- oder Mal- oder Bastelnachmittag. Das ist ganz schön.

Du hast Kinder?

Nein.

Verheiratet?

Johanna schüttelte den Kopf und griff nach einem Stück Pizza. Es habe sich irgendwie nicht ergeben.

Svetlana nickte und kaute versonnen.

Knoblauch, du hast die Pizza mit Knoblauch bestellt. Margherita ist normalerweise ohne.

Du magst keinen Knoblauch?

Doch. Noch Wein?

Johanna hielt ihr nickend das Glas hin.

Und du?

Svetlana nahm sich selbst auch noch Wein. Wie gesagt, ich war Lehrerin für Russisch und Deutsch an einem Gymnasium in Schewtschenko, jetzt Aktau, an der Ostküste des Kaspischen Meers. Und dann haben sich die Kasachen an ihre Nationalität erinnert, und auf einmal fanden sie nichts so wichtig wie ihre Unabhängigkeit. Sie sah nach dem Rest in der aufgeklappten Pizzaschachtel und zog sich noch ein Stück auf den Teller.

Bei euch stand das doch alles in den Zeitungen, oder?

Ein Wahnsinn, ein absoluter Wahnsinn! Dabei haben wir immer gut zusammengelebt. Es war völlig egal, welche Nationalität einer hatte. Das war überhaupt kein Thema. Mit der Fingerspitze schob sie eine abrutschende Insel von zerflossenem Käse zurück auf den Teig. Dann hob sie die Pizzaecke vorsichtig hoch und biß hinein. Kauend zählte sie an den Fingern ab: Russen, Tschetschenen, Kasachen, Turkmenen, Leute aus Aserbaidschan, auch Türken, Kurden, viele Deutsche. Es gab ganze Dörfer, in denen nur deutsch gesprochen wurde. Und über Nacht gab es nur noch Feinde. Es wurde ziemlich schnell geschossen. Manche hatten gerade zwei Tage Zeit, um ihre Häuser zu verlassen.

Svetlana lehnte sich zurück. Sie sah an Johanna vorbei zur Spüle, zu den cremefarbenen Kacheln, Kachel an Kachel über der Chromarganspüle fein säuberlich durch graue Fugen verbunden. Ich hatte es schön in Aktau. Ich wohnte am Meer in einem kleinen Haus, sehr einfach, aber mit Garten, am Meer. Du riechst das

Meer. Es ist sehr warm dort. Und es gibt Fische! So viele Fische. Du kannst dir nicht vorstellen, wieviel Fisch ich gegessen habe, jeden Tag. Fisch und Kaviar, einfach mit dem Löffel. Das war nicht teuer, du löffelst ihn aus der Büchse. Das Meer ist salzig, und wir trinken Meerwasser. Ein Franzose hat eine Anlage entwickelt, und nun trinken wir Meerwasser. Es ist gutes Wasser.

Sie atmete lange aus und legte die angebissene Pizzaecke auf dem Teller ab.

Und weißt du, all der Sand! Wie es hier regnet, kommt dort der Sand, ein heißer Wind mit Sand. Außerhalb der Stadt kommst du kaum voran. Du denkst dir nichts, und auf einmal steckst du bis zu den Knien in Sand, bis zur Hüfte. Wenn du fortwillst, mußt du fliegen oder übers Meer fahren, die Straßen brechen dir weg.

Svetlana hatte aufgehört zu sprechen. Eine gemeinsame Stille begann zu steigen, vom Teppichboden an, zur Höhe der Küchenhocker und Stühle, bald würde sie die Tischkante erreichen. Sie füllte den Raum und machte ihn leicht. Sie tranken. Es soll so bleiben, dachte Johanna, es soll so bleiben, wie es jetzt ist. Es machte nichts aus, nichts zu sagen, es machte nichts aus zu reden.

Svetlana kaute weiter an ihrem Pizzastück.

Verstehst du, ich bin jetzt siebenundvierzig. Da kannst du nicht mehr ganz von vorne anfangen.

Sie begann mit dem geschmolzenen Käse zu spielen. Sie zog ihn lang und holte kauend den weißen Faden mit den Lippen nach und nach wieder ein.

Johanna sah ihr zu.

Und die andern, deine Familie?

Meine Familie? Meine Familie kommt aus Orsk, das ist in der Region Orenburg. Meine Mutter ist schon lange tot. Und meine Schwester ist an Leukämie gestorben. Viele bei uns sterben an Leukämie. Sie zögerte. Auch in Aktau. Sie bauen Uran ab, deshalb gibt es die Stadt, Gefangene haben sie gebaut. Die Stadt ist ganz jung, jünger als ich. Sie haben Lehrerinnen gebraucht, deshalb bin ich hingegangen. Nie werde ich diesen Geruch vergessen, mein Leben lang nicht. Sie fahren mit großen Lastern mit riesigen Schaufeln in die Anlage hinunter. Es ist wie eine tiefere Wüste, und die Laster fahren in langen gewundenen Straßen hinunter, und dann kommen die Laster, die Wasser versprühen, weil es ja brennt.
Was brennt?
Das Uran brennt. Bei uns ist es so heiß, daß es brennt, es glimmt wie schwarze Kohle, ganz, ganz langsam, mit einer blauroten Glut, und wo es glimmt, da bildet sich ein wenig schwarze Luft. Die Männer in den Lastern tragen eine Schutzmaske und eine Unterhose und sonst nichts, so heiß ist es.
Ich habe noch nie Uran gesehen.
Svetlana zuckte mit den Schultern. Wenn du in Aktau wohnst, dann kennst du auch die Anlage, sie liegt vierzig Kilometer vor der Stadt, und eine Uranfabrik ist dort auch. Einmal ist eine japanische Delegation gekommen und hat Messungen durchgeführt. Du glaubst nicht, wie schnell die wieder fort waren. Fluchtartig haben sie die Gegend verlassen. Svetlana griff nach dem Glas und trank den Rest aus. Ja, und vor zwei Jahren ist meine Schwester gestorben. Ihre Kinder aber habe ich schon vorher zu mir genommen. Sie wollte das so. Ich

habe es verstanden, es ging ihr nicht mehr gut. Svetlana schwieg, und dann fuhr sie fort: Als sie tot war, da habe ich auch meinen Vater zu uns geholt. Was hätte er denn noch tun sollen, in Rußland allein. Er ist krank, er hat einen Katheter, aber es geht ihm nicht schlecht. Er will nicht so viel. Er ißt alles, noch das harte Brot tunkt er ein. Und wenn die Sonne rauskommt, geht er in den Stadtpark. Er sitzt auf der Bank und spricht russisch mit den Spatzen. Die Krankenkasse ist horrend teuer. Und das ganze Theater mit der Aufenthaltsgenehmigung! Manchmal denke ich, ich arbeite nur noch für die Anwälte. In Orsk hatte mein Vater ein Gut und vierzehn Pferde. Wir waren keine arme Familie.

Und du hast gleich eine Aufenthaltsgenehmigung bekommen?
Svetlana warf den Kopf zurück und sah Johanna ins Gesicht. Was heißt Aufenthaltsgenehmigung? Ich bin Rußlanddeutsche; ich habe einen deutschen Paß.
Was für blaue Augen sie hat, dachte Johanna und lehnte sich zurück. Dann sagte sie unvermittelt: Meine Mutter kam aus dem Sudetenland, Tschechien ist das heute. Österreich war es, als meine Großmutter dort geboren wurde.
Sie wunderte sich, daß sie das jetzt erwähnte, aber Svetlana nahm es sofort auf: Laß uns anstoßen. Bist du auch Ausländerin mit deutsches Paß!
Johanna kam ihr lachend mit dem Glas entgegen, doch dann sah sie, daß Svetlanas Glas leer war. Ihr schwindelte; sie spürte den Wein. Ich sollte Wasser trinken, dachte sie und nahm die bauchige Anderthalbliterflasche Lam-

brusco in beide Hände. Unbeholfen goß sie nach.
Bist du verheiratet?

Danke, sagte Svetlana, und zog das Glas zu sich über
den Tisch. Gewesen. Er ist mir irgendwie abhanden
gekommen. Wahrscheinlich war es zu eng. Mein alter
schwerhöriger Vater, dann die adoptierten Nichten.
Das Ganze in einer Zweizimmerwohnung! Irgend-
wann kam er nicht mehr nach Hause. Was sollte ich
machen! Mittlerweile sind wir geschieden. Die Große
studiert jetzt und lebt mit einem Freund. Er ist auch
Russe, ein Püppchen, zierlich, ein Pinocchio. Er hat
einen Studienplatz für Informatik an einer Firmenuni-
versität, da verdient man schon Geld während des Studiums. Sonst ginge es nicht. Sie hielt ihre Hand mit fünf
geöffneten Fingern vor sich, als schütze sie sich vor
einem Fluch. Meine Nichte studiert Sprachen, Russisch, Spanisch, Englisch. Abends gehen die beiden zusammen putzen, in einem Krankenhaus, Gänge, Warte-
zimmer, sechzehn Toiletten. Sie sind müde, sie sind
jung, vermutlich sind sie glücklich.
Und die andere?
Die Kleine? Svetlana wiegte den Kopf hin und her. Die
Kleine macht Mittlere Reife. Sie hat ganz ordentlich
Deutsch gelernt. Nur Russisch spricht sie nicht mehr.
Sie hat Rußland vergessen. Ein kluges Kind.
Johanna sah, wie Svetlana mit dem Zeigefinger die Mu-
ster der Wachstuchtischdecke nachfuhr und dabei die
Form der Blüten und Blätter verlängerte.
Und deine Tante lebt hier ganz allein?
Ja, schon.

Und du lebst auch – sie zögerte – allein?

Hm.

Und deine Eltern?

Die sind beide gestorben.

Das tut mir leid. Wann?

Oh, das ist lange her.

Svetlana nickte.

Sie wischte ein paar Krümel über die Streublümchen, als wollte sie sich Platz schaffen.

Darf man hier rauchen, bei deiner Tante? Sie schob den Teller zur Seite.

Johanna nickte und stand auf. Sie holte einen Unterteller aus dem Küchenschrank.

In dieser Wohnung war nicht geraucht worden. In dieser Wohnung war nicht getrunken worden. Klosterfrau Melissengeist vielleicht, Underberg, ein Schluck nach einem fetten Essen. In den Marmorkuchenteig kam ein Schuß Stroh-Rum, den man mitbrachte von den Omnibusfahrten nach Österreich. An Silvester hatten die Eltern sich eine Pikkoloflasche Sekt geteilt. Zum Anstoßen in dem Augenblick, wenn in der großen Uhr im Fernsehen der Zeiger sprang. Und am Morgen war in der Flasche immer noch ein Rest gewesen. Später erst, als Johanna auf die Fachhochschule für Bibliothekare ging und nur noch alle vierzehn Tage nach Hause kam, um die Wäsche zu bringen, die Wäsche, die ihr die Mutter unbedingt waschen wollte, obwohl es im Wohnheim doch eine Waschmaschine gab, erst später hatte die Mutter manchmal eine Flasche badischen oder Pfälzer Wein gekauft für Johanna, und die Mutter hat manchmal ein sehr helles Schorle mitgetrunken. Denn daß Johanna Wein trank, hatte sie nicht verhindern können, ebensowenig wie das Studieren. Beides war, wenn nicht gar unanständig, so doch zumindest unnötig gewesen.

Spätestens zu dieser Zeit hatte die Mutter aufgegeben. Sie war nun eine Frau von gut fünfzig Jahren. Sie hatte verloren. Johanna hatte sich nicht bei der Kreissparkassenfiliale in der Siedlung beworben und nicht bei der Post. Die Tochter war gegangen, und sie war zurückgeblieben mit einem schachspielenden und Problemschachaufgaben komponierenden Ehemann. Sie wurde stumpf, aber nicht stumpf genug, um nicht zu begreifen, daß sie sich getäuscht hatte. Sie hatte das Kind nicht halten können. Auch nicht hier in der neuen Wohnung, die die Eltern in ihrem letzten Schuljahr hatten kaufen können. Vom Geld der Großmutter auch, die all die Jahre ihre Rente für einen Bausparvertrag hergegeben hatte, und der Vater hatte endlich eine Hilfstätigkeit bei der Stadt angenommen, die er irgendwie ertrug. Dort hatte ihm ein Kollege gesagt, daß städtische Angestellte unter Umständen einen zinslosen Kredit erhielten.

Svetlana kramte eine halbleere Packung Marlboro aus ihrer Gürteltasche. Sie klopfte auf den Packungsboden und hielt Johanna die Zigaretten entgegen. Johanna nickte und zog ungeschickt eine heraus. Sie hatte kaum geraucht, manchmal während des Studiums, aber nun schon Jahre nicht mehr. Svetlana gab ihr Feuer.

Svetlana rauchte, wie sie atmete. Johanna inhalierte vorsichtig, als könnte sie sich weh tun. Svetlana hatte den Ellenbogen auf den Küchentisch gestützt, die Stirn in die Hand gelegt und sah sie durch den Rauch hindurch an. Sie hingen wieder in dieser bunten Stille. Dann sagte Svetlana unvermittelt:

»Gut ist es, an andern sich
Zu halten. Denn keiner trägt das Leben allein.«

Johanna lachte wie ertappt. Eine russische Lebensweisheit?

Svetlana inhalierte und blies den Rauch über den leeren Pizzakarton. Sie lächelte. Wenn du willst, auch das. Weißt du, was mich als Kind immer verrückt gemacht hat?

Das Alleinsein?

Nicht direkt. Ich meine, ich dachte immer, es könnte doch möglich sein, daß jeder Mensch die Farben anders sieht. Daß also die Farben nicht verbindlich sind. Du siehst einen Baum grün, und der andere sieht ihn blau. Und das wäre mit Worten nicht zu klären. Gut, heute weiß ich, daß es Wellenlängen gibt, und daß man sie messen kann. Und doch bleibt noch etwas Verrücktes an dieser Kinderidee.

Johanna legte den Kopf auf die Arme. Ich habe mir früher immer einzelne vertraute Wörter vorgesagt, so lange, bis sie ganz fremd wurden. Ich wollte sie testen, bis mir schwindelig wurde. Das Wort »Brot« zum Beispiel. Wenn man es oft genug wiederholte, konnte es sich verändern und dann so einen Abstand bekommen, so einen Abstand zu allem, was man von Brot wußte und mit Brot verband.

Svetlana lachte. Sie drückte ihre Zigarette in der Unter-

115

tasse aus. Also dann versuch das doch jetzt bitte einmal mit Pizza! Rot, weiß, grün, Tomate.

Aber Johanna war schon wieder in dieser anderen Küche, damals in der andern Stadt. Und die Großmutter hockte auf einem Küchenstuhl, die Hände in den Schoß gelegt und lächelte mit ihrem schiefen Mund. Und sie selbst ging noch nicht zur Schule, aber sie wußte schon, was Schreiben ist. Und sie beschloß, ein Tagebuch zu führen, und zwar mit Hilfe der Großmutter.
Sie würde, was wichtig war, jeden Tag einfach der Großmutter diktieren. Die Großmutter machte ja immer alles, was sie sagte. Sie nähte ihr Puppenkleider, sie schnitt mit ihr Figuren aus, sie sah ihr zu, wenn sie einen Zoo knetete, sie tröstete, sie kaufte Comics. Sie würde auch für sie schreiben. Und tatsächlich hatte die Großmutter genickt, allerdings etwas zögernd, denn sie sagte, sie könne nicht so gut schreiben, sie habe das nie richtig gelernt. Das aber war dem Kind unerheblich erschienen, für das, was es zu sagen hätte, würde es schon reichen. Aber als das Kind dann die Mutter, die an der steinernen Spüle stand und Kartoffeln schälte, um ein Blatt Papier bat, damit man gleich beginnen könne mit dem Tagebuch, da hatte die Mutter energisch den Kopf geschüttelt. Das sei ein Blödsinn, daß die Großmutter für es schreibe. Das Kind solle erst einmal auf die Schule gehen und selbst schreiben lernen, und dann könne es immer noch ein Tagebuch führen. Und sosehr Johanna nun auch quengelte, die Mutter war weit davon entfernt, sich die Hände an der Schürze abzuwischen, ins Wohnzimmer an den Sekretär des Vaters zu gehen und

116

ein Papier, gar einen Block zu holen. Sie spülte weiter bei schwach laufendem Wasserstrahl Kartoffelschalenkringel in den gesprenkelten Spülstein, und die Großmutter sah nun leer zu den Gardinen, weil sie wohl zu spüren meinte, daß sie selbst auch gleich hätte nein sagen sollen.

Und als Johanna später tatsächlich Tagebuch schrieb, sehr viel später, da las es die Mutter heimlich. Und auch wenn Johanna es versteckte, fand es die Mutter überall. Und als Johanna es in eine Holzkiste legte, die sie mit einem kleinen BKS-Schloß sicherte, da schraubte die Mutter die vier Kreuzschlitzschrauben der Schloßverankerung ab. Johanna sah es sofort, als sie aus den Ferien zurückkam. Wie nun aber die Mutter beteuerte, sie habe die Kiste nicht aufgebrochen, ihr sei nur Wachs auf die Schrauben getropft und sie habe sie geputzt und deshalb sähen sie so verkratzt aus, da hatte sich Johanna geschämt, und das war schlimmer, als nun kein Tagebuch mehr zu führen.

Und?

Was? Johanna kam langsam zurück.

Pizza!

Johanna griff nach dem Glas. Was meinst du?

Ich meine zum Beispiel, daß es mehr Pizzen, mehr Piroggen gibt, als alle Bäcker zwischen Neapel und Aktau backen können.

Ah ja.

Immer wenn du Pizza sagst, hast du eine erfunden.

Svetlana hatte die Sportschuhe abgestreift und die nackten Füße zu sich auf die Sitzfläche gestellt. Sie sprach gut gelaunt, und ihre Sätze wurden zu farbigen Bändern, rot, weiß, grün und allerleibunt. Sie schien weder Wein noch Zigaretten zu spüren.

Basilikum, dachte Johanna auf einmal, Basilikum ist ein Wort wie Meer und blau, auch wenn es grün ist. Und auch wenn Basilikum riecht wie Basilikum, ist doch Bougainvillea dabei und wilde Kamille und Pfefferminz und Wind und Salz. Und ich weiß nicht, wie Uran riecht, dachte sie dann, aber ich sehe es brennen. Ihr Kopf lag jetzt wieder auf den Armen auf der Tischplatte, und ohne zu sehen, sah sie zu den Buchstaben auf Svetlanas T-Shirt »Paradies Pizza«. Aber Svetlana war schon woanders.

Verstehst du, was ich meine?

Johanna nickte abwesend.

Alle Leser sind Schauspieler.

Meinetwegen.

Ja, natürlich sind sie Schauspieler, sie übersetzen die Farben, die Wörter in ihre Vorstellungen. Es gibt so viele Mignons, wie es Leser gibt. So laßt mich scheinen, bis ich werde, zieht mir das weiße Kleid nicht aus.

Johanna war schwindelig. Sie stützte den Kopf in die Hände. Ich bin ein bißchen betrunken.

So schnell? Sag bloß. Svetlana zündete sich noch eine Zigarette an.

Weißt du, in Rußland würde man jetzt etwas singen.

Willst du, daß ich dir etwas singe? Zum Geburtstag, weil du heute Geburtstag hast?

Sie sah auf ihre Armbanduhr: Gerade noch. Genaugenommen noch sieben Minuten. Es ist gleich Mitternacht. Johanna nickte langsam.

Wie alt bist du eigentlich?

Vierzig.

Na dann!

Svetlana holte Luft und sang. Sie rauchte und sang, leise. Sie atmete den Rauch ein und atmete die Töne aus. Ihre Stimme war nicht besonders tief, aber kalt, kalt wie fließendes Wasser, dachte Johanna, wie das murmelnde Wasser unter den Weiden, da wo die Zwittau Böhmen und Mähren trennt, wo die Großmutter die Windeln gewaschen hat, die Hemdchen ihrer kleinen Tochter, im Wasser bei den Gänsen.

Svetlanas Blick wanderte von Johanna zu den Zyklamen und Zwergen, zu dem Pfauenmuster der Häkelgardine und darüber hinweg in die Nacht.

Johanna griff mit beiden Händen nach der Lambrusco-Flasche und goß in Svetlanas Glas nach; sie zögerte, dann schenkte sie sich selbst auch noch Wein ein.

XIV

Als Johanna aufwachte, sah sie in gläserne Augen. Sie lag unter der Katzenphalanx auf der Wohnzimmercouch. Über ihr hingen die Affenschaukeln der Käthe-Kruse-Puppe. Sie kam langsam hoch und streifte die Wolldecke ab. Svetlana, dachte sie. Svetlana mußte sie zugedeckt haben. Wo war sie hin? Sie sah sich um. Die Rolläden waren nicht heruntergelassen worden. Vom Flur kam dämmriges Licht. Draußen war es stockdunkel. Nur in der Ferne schimmerte der Lichtstreifen des Himmels über der Autobahn. Es mußte noch mitten in der Nacht sein. Sie war in der Wohnung der Mutter; die Mutter war tot.

Ich habe zuviel Wein getrunken, dachte sie, ich muß eingeschlafen sein. Sie wußte nichts mehr. Sie setzte sich gerade und drückte ihre Schulterblätter nach hinten. Sie spürte an sich einen unbekannten Geruch. Svetlanas Parfum. Wir haben Pizza gegessen, sie hat gesungen. Ich glaube, ich habe auch gesungen, das Lied von dem Schneegebirge mit dem Brünnlein kalt. Und dann habe ich es noch mal gesungen, weil sie es nicht kannte und weil es ihr gefiel. Und wer daraus getrunken, ist jung und nimmer alt. Und es schneiet keine Rosen und regnet keinen Wein. Ich habe Durst, dachte Johanna.

Sie stemmte sich aus der Couch, zwängte sich am Tisch vorbei, ging über den Flur, öffnete die Küchentür aus geriffeltem Rauchglas, suchte den Lichtschalter neben dem Kühlschrank. Mit einem Surren sprang die Neonröhre an. Es roch nach kalter Asche, obwohl die Teller sauber und abgetrocknet auf dem Küchentisch standen. Der Pizzakarton war fort. Svetlana hatte aufgeräumt. Die Lambruscoflasche war verschwunden. Johanna strich über die abgespülten Teller. Sie griff nach der Mineralwasserflasche, die noch verschlossen war. Sie drehte das Metallgewinde auf. Dann goß sie sich ein Glas Wasser ein und trank es in einem Zug aus. Die Kohlensäure stieg ihr in die Nase. Sie hustete. Sie schenkte sich ein zweites Glas ein. Sie sah sich um. Aber Svetlana hatte keinen Zettel und keine Karte hinterlassen.

Sie setzte sich an den Küchentisch. Sie fuhr mit der Hand über das Wachstuch. Kaffee, dachte sie. Sie sah auf die Küchenuhr. Es war kurz vor drei, die hohe Zeit der Schlaflosen. Sie aber war nicht müde. Sie wollte wach werden. Zumindest Kaffeepulver mußte es hier doch geben.

Sie öffnete die rechte Tür des Küchenschranks, wo die Mutter die Lebensmittel aufbewahrte. Die Kaffeedose stand vorne. Sie klappte den Spannbügel zurück. Das Pulver, das noch drin war, roch nicht stark, aber zumindest roch es nach nichts anderem als nach Kaffee. Etwas Besseres als den Tod findest du überall. Sie mochte die Bremer Stadtmusikanten schon allein wegen dieses Wortes, das der alte Esel sagt. Manchmal ließ sie die Kinder beim Bastelnachmittag die Pyramide der Tiere malen, und wenn sie Glück hatte, dann waren neben Esel, Hund, Katze und Hahn auch Tiere dabei, die nicht im Märchen vorkamen, ein Fisch, ein Elefant, eine Kuh, ein Schmetterling, und dann fragte sie die Kinder, warum denn nun diese Tiere von zu Hause hätten fortmüssen. Manchmal wußten es die Kinder auch nicht, sie hatten es nur gemalt. Aber manchmal erzählten sie dann ihre Geschichten. Sie wußten die unglaublichsten Gründe, von zu Hause fortzumüssen.

Das Leben könnte schön sein, hatte der Vater später einmal gesagt, ganz nachdenklich, fast überrascht gesagt auf einer Parkbank. Sie hatte ihn in der Psychiatrie besucht und zu einem Spaziergang mitgenommen. Und es war ein eher trüber Wintertag gewesen, ein paar nackte Bäume und ein verwischter Himmel und etwas fröstelig feucht. Und der Vater hatte über den Park gesehen und gesagt: »Das Leben könnte schön sein.« Es war ihr damals so absurd vorgekommen, daß er es gerade in dieser Situation sagte, und da hatte sie ihn bestärken wollen und geantwortet, ja, das Leben ist schön. Aber da hatte sie ihn schon wieder nicht verstanden.

Sie sah nach der Kaffeemaschine. Ich werde das weiße Kleid ausziehen, dachte sie auf einmal. Im Namen der Bremer Stadtmusikanten und der Problemschachspieler, im Namen der Deserteure aller Länder werde ich es ausziehen. Sie klappte den Deckel der Kaffeemaschine hoch. Als sie das Wasser einfüllte und auf den Knopf drückte, lief das Gerät gurgelnd an. Sie mußte gähnen, und auf einmal fröstelte sie, obwohl es warm war.

Im hohen Schlafzimmer, im deckenhohen Einbauschrank gab es irgendwo noch die Pullover ihres Vaters. Früher, wenn die Mutter ein passendes Pullover-Sonderangebot sah, hatte sie gleich zwei gekauft. In zwei verschiedenen Größen, in zwei verschiedenen

Farben, beige und blau zum Beispiel. Einen für ihren Mann und einen für ihre Tochter. Johanna hatte ihre Kollektion mit der Zeit unauffällig aussortiert. Aber warum sollte sie jetzt nicht einen von seinen, ihren Pullovern anziehen. Sie knipste das Licht im Schlafzimmer an und blieb stehen.

Die Schlafzimmerlampe ließ den Raum heller erscheinen als das Tageslicht, das gewöhnlich nur diffus durch die bodenlangen, blumenbestickten Vorhänge hereinsickerte. Jetzt bekam der Wandschmuck eine giftiggrüne Überblendung. Johanna kannte die Bilder, und doch war es ihr, als hätte sie sie noch nie richtig angesehen. Über die Vaterseite des Ehebettes hatte die Mutter das Hochzeitsbild ihrer Eltern gehängt, eine nachkolorierte Vergrößerung einer Schwarzweißfotografie in einem Holzrahmen. Bei der Vertreibung mußten sie dieses Bild mitgenommen haben, vermutlich, weil es einmal teuer gewesen war. Ein Fotograf hatte es gemacht. Kopf an Kopf zeigte es die Gesichter eines ungleichen Paars. Die junge Braut unter dem weißen Schleier mit den kleinen Blumen über den Schläfen schien abwesend einen Punkt sehr weit hinter dem Fotografen zu fixieren; der junge Bräutigam in festlichem Schwarz muß direkt in die Linse gesehen haben, wild entschlossen, von nun an glücklich zu sein. Er machte den modernen Fotoapparat zum Garanten seiner Zukunft.

Die Großmutter habe den Großvater sehr schnell geheiratet, konnte die Mutter erzählen, manchmal, wenn sie zusammen beim Nachmittagskaffee saßen und aus den dicken Porzellantassen mit den grünen Kleeblät-

tern von Zuhaus tranken. Es habe für sie vor dem
Großvater einen anderen Mann gegeben, einen Mann,
von dem die Großmutter geglaubt hatte, daß er zu ihr
gehöre. Und der habe das wohl auch geglaubt. Die beiden seien im Grunde verlobt gewesen. Aber, wie die
Männer eben so sind, sagte dann die Mutter, und Johanna stellte sich vor, daß es eben eine Kirchweih zuviel gegeben haben mußte, mit Tanz und blühenden
Obstbäumen und dunklem Bier und warmen Wiesen
voller Wiesenschaumkraut. Jedenfalls wurde in einem
Mai zwischen Mährisch Wiesen und Böhmisch Wiesen
ein anderes Mädchen schwanger von dem Mann, der zu
der Großmutter gehörte.
Vielleicht, dachte Johanna, während die Mutter ein
Mohnbuchterl teilte und ihr die eine und sich die andere Hälfte gab, vielleicht wollte der Mann, der zur
Großmutter gehörte, anständig sein, vielleicht wollte
die Großmutter auch, daß er anständig sei, weil er ihr
dann nicht ganz verlorenging, wo sie ihn eh schon
verloren hatte. Jedenfalls heiratete dieser Mann die
schwangere Liebe einer blütenhellen Nacht. Kurz darauf vermählte sich die Großmutter. Sie mußte den
Großvater genommen haben wie ein Wundpflaster.
Als die Großmutter schon eine alte Frau war, ihr Mann
war tot, sie lebte nach dem Hirnschlag bei ihrer Tochter und konnte nur noch mit einem schiefen Mund lächeln, geschah es bei einem nachmittäglichen Sonntags-
ausflug. Schwiegersohn, Tochter, das kleine Enkelkind
und sie, etwas langsamer, näherten sich einer von Ferne
kommenden Gesellschaft. Bald hörte man am Klang
der Stimmen, daß diese Leute von Zuhaus waren. Und

dann, das konnte die Mutter immer wieder über der Kaffeetasse erzählen, mit einer Spur von noch anhaltendem Erstaunen, und dann kamen sie näher, und dann war das doch dieser Kerl, weißt du, von damals, und stell dir vor, die Großmutter sieht ihn und sagt kein Wort, aber auf einmal läuft sie ganz rot an, von Kopf bis Fuß, die alte Frau, kannst du dir das vorstellen, wie ein junges Mädchen.

Auch der Vater hatte ein Bild im Schlafzimmer aufgehängt. Es hing dem Gekreuzigten schräg gegenüber am Fußende seines Bettes, da wo die alte Singer-Nähmaschine mit Schwungrad stand, dieses eisenschwere Relikt früher familiärer Industrialisierung des Sudetenlands, überworfen von Spitzendecken und Ersatzdecken und Ersatzkissen für mögliche Schläfer, die nie gekommen waren.

Es war der Nachdruck einer farbigen Zeichnung hinter Glas, die eine Schachmatt-Position zeigte. Die Schachfiguren waren hölzerne Schachfiguren, aber sie hatten menschliche Gesichter und Posen. Die weiße Dame stemmt die Hände in die Seite, lehnt ihren Oberkörper zurück und triumphiert lachend. Mit Hilfe eines ebenfalls grinsenden Springers hat sie den schwarzen König in die ausweglose Ecke des Schachbretts gedrängt. Dort hockt er zusammengekrümmt neben seinem schwarzen Pferd und schämt sich und weint.

Du mußt nur die Laufrichtung ändern, dachte Johanna und sah vom Schachmatt zum Hochzeitsbild zum Inri. Sie hatte vergessen, was sie im Schlafzimmer wollte. Aus der Küche kam der Geruch des Kaffees. Sie drehte sich um. Beim Hinausgehen spürte sie die beiden Fotografien unter dem Glas des Nachttischchens der Mutter. Sie kannte sie gut genug. Das eine Bild zeigte eine pickelverlegen lächelnde Tochter ganz eng, Haar an Haar, unter dem Regenschirm mit der Mutter. Die andere Fotografie war älter. Sie zeigte die Babytochter mit der Mutter im Bett.

XV

Der Kaffee tat gut. Johanna legte die Hände um das dicke Porzellan mit den aufgedruckten grünen Kleeblättern. Wie das Glasschälchen, dachte sie. Sie sah hinaus. Draußen begann es zu dämmern. Die Konturen der Dächer und Mauervorsprünge zeichneten sich in weichen Schatten ab. Sie würde jetzt noch den Kaffee austrinken, bald würden die Straßenbahnen wieder fahren. Sie war schon so gut wie fort. Die Wäsche würde sie im Flur stehenlassen. Das alles hatte Zeit. Sie setzte die Tasse ab und fuhr mit dem Finger über den dicken Henkel, den Trinkrand. Jetzt war es still in der Küche, aber damals, in einer anderen Wohnung, in einer andern Küche, war es stiller gewesen. Einen Moment so schneidend still, wie er nur sein kann, wenn plötzlich etwas Entscheidendes geschehen ist.

Ein Kompottschälchen war auf den steinernen Küchenfliesen zersprungen; es war dem Kind aus der Hand gefallen. Ein Schälchen aus gepreßtem, bläulichem Glas.

Nach der Stille hatte sich die Mutter an der Spüle umgedreht und sich die Hände an der Kittelschürze abgewischt. Das kannst du nie wiedergutmachen, hatte sie gesagt, das war noch von Zuhaus. Und die Großmutter, die das Enkelkind sonst immer in Schutz genommen hatte, sagte nichts. So war die gemütliche, feierlich sauber geputzte Wohnung auch ein Minenfeld gewesen voller geheimer Zeitbomben aus Damals und Zuhaus.

Vielleicht ist Heimat ein Ort, wo etwas kaputtgehen darf, dachte Johanna. Wo man etwas ausprobieren kann, wo nicht alles schon zählt für die Ewigkeit, weil die Gegenwart nicht zählt und Zukunft nur noch heißt, das Verlorene zu retten.

Und vielleicht könnte Heimat ein Raum sein für Herzflimmern, dachte sie. Und sie sah zu dem Platz, wo vor wenigen Stunden, wie in einer anderen Zeit, Svetlana gesessen war. Aber sie meinte jetzt nicht Svetlana, sie meinte den Film.

Während der letzten drei Jahre auf dem Gymnasium war Johanna bei »Juku« gewesen. »Juku« hieß »Jugend und Kultur« und war eine städtische Kultureinrichtung für Oberstufenschüler. Man bezahlte einen monatlichen Mitgliedsbeitrag und durfte dann kostenlos jede Woche in ein Konzert, ein Theaterstück oder in einen Film. »Juku«-Veranstaltungen waren hoch beliebt und sofort zu erkennen: die Räume waren überfüllt, das Publikum trug Parka und rauchte. In diesem somnambulen Tarngrün hatte Johanna alle Truffaut-Filme gesehen. Sie war süchtig gewesen nach dem Gesicht von Jeanne Moreau, besonders in »Die Braut trug schwarz«. Nie aber wäre sie auf die Idee gekommen, ihre Eltern aufzufordern, sich auch einmal einen dieser Filme anzusehen. Auch außerhalb dieses Schülerprogramms war Johanna oft ins Kino gegangen. Früh hatte sie begonnen, ein wenig eigenes Geld zu verdienen. Geld war Freiheit, Dinge zu tun, die man eigentlich nicht brauchte. So waren auch die Nachtschichten in einer Kartonagenfabrik Freiheit. Meist aber gab sie nur Nachhilfestunden, pinselte bei einem Kunstmaler Hintergründe für Blumenstilleben oder spannte Leinwand auf Keilrahmen. Oder sie servierte am Wochenende Eis und Kuchen in einem der vielen Cafés der Stadt.

Einmal war sie in »Herzflimmern« gestolpert, nicht allein, sondern zusammen mit einer Freundin.

Der Freundin hatte der Film nicht besonders gefallen, aber auch nicht mißfallen. Er hatte ihr nur irgendwie nichts gesagt. Sie selbst aber war lachend und wie unendlich befreit aus dem Kinodunkel gekommen. Sie wußte nicht, warum ihr die Welt auf einmal so leicht erschien, aber sie spürte, der Film hatte sie glücklich gemacht.

Sie war nach Hause gefahren und hatte den Eltern erzählt, sie habe einen wunderbaren Film gesehen, den sie sich unbedingt anschauen sollten. Und die Eltern, die eigentlich nicht mehr ins Kino gingen, seit sie ein Fernsehgerät besaßen, ließen sich von der Tochter tatsächlich überreden und machten sich mit der Straßenbahn auf in die Stadt. Sie gingen in die Nachmittagsvorstellung.

Als sie nach Hause kamen, begrüßte Johanna sie strahlend. Die beiden aber bildeten nur eine Phalanx im Türrahmen und blickten finster. Dann warf die Mutter die Handtasche von sich und rief: Ich brauche einen Schnaps. (Sie trank dann keinen. Sie trank nie.) Der Vater stand betreten hinter ihr und sagte nichts. Noch nie, schnappte die Mutter, sie schnappte regelrecht nach Luft, als ginge ihr bei der Erinnerung an den Film der Sauerstoff aus, noch nie habe sie so einen Schmutz gesehen, und sie sei immerhin eine erwachsene Frau, und das sei ein ganz unglaublicher Schmutz gewesen, und am schlimmsten sei doch, daß sie, Johanna, ihre eigene Tochter, das gut fände. Schon als das Wort vom Schnaps fiel, wußte Johanna, daß sie einen Fehler begangen hatte. Und nun sank sie mit jedem Wort der Mutter weiter in die Tiefen des unendlichen Ledersessels, sie schrumpfte vor Scham, vor wilder Scham, während die Mutter ihre Worte langsam leiser werdend und stockend, aber immer und immer wieder weitersagte.

Vielleicht hatte Johanna zwischendrin noch den Mut besessen, einmal oder auch noch einmal den Vater anzusehen, der aber sah weg.

Die Situation war entschieden. Ein für allemal. Das, was in den Zeitungen »Sex« genannt wurde und das zu Hause keinen Namen hatte, war zwischen Johanna und den Eltern kein Thema. Das war klar.

Aber was genauer kein Thema war, blieb durchaus im Dunkel.

Natürlich kann man die Laufrichtung ändern, dachte Johanna. Der Trick liegt in der Katze. Es ist die Scham, die einen verfolgt, es ist die Angst. Aber wenn man sich umdreht und ihr ruhig in die Augen sieht, dann wird sie blaß und blasser und vergeht. Dann schämt sich die Scham, und die Angst hat Angst. Die Maus ist selbst die Katze. Und die Katze ist die Maus.

Es hätte ihr auffallen müssen. Es hätte ihr schon sehr viel früher auffallen müssen. Eins paßte ins andere, aber sie hatte es nicht gesehen. Sie hatte es tatsächlich nicht gesehen. Johanna umschloß die Kaffeetasse mit beiden Händen. Sie spürte, wie die Wärme in die Handflächen, in die Handgelenke stieg.

Inzest ist ein großes Wort. Ein so furchtbar großes Wort, daß es das Kleine, für das es keine sicheren Vokabeln gibt, verstellt. Herzflimmern hatte das furchtbar Große ein wenig kleiner gemacht. Es war geschehen; in einer glücklichen Nacht hatte die Mutter vergessen, daß sie die Mutter ist und nicht die Liebhaberin ihres Sohnes, und so wurde der Junge in einem pubertären Schwindel für eine Nacht der glückliche Liebhaber seiner schönen Mutter. Weder er noch sie hatten Schaden daran genommen. Sie hatten sich darüber verständigt, heiter, traurig, liebevoll. Man konnte darüber sprechen. Es war verhandelbar.

Johanna stand auf. Nur weil ich mich so geschämt habe, als sie so finster dastanden, konnte ich nicht mehr darüber nachdenken, warum ich es wollte, daß sie diesen Film sehen, und warum ich wollte, daß sie mit mir über diesen Film sprechen. Ich bin davongelaufen. Ich habe mich nicht umgedreht.

Sie mußte pinkeln. Sie drückte sich am Wäscheständer im Flur vorbei. Als sie das Licht in der Toilette anknipste, huschten zwei Silberfischchen über den Teppichboden und verschwanden unter der Fußleiste. Sie setzte sich auf die rosafarbene Klobrille.

Damals auf dem Dorf war die Mutter mit ihr zu einem Arzt gegangen, der die Mutter fragte, ob die Mutter die Mutter oder die Großmutter des Kindes sei, was die Mutter sehr verletzt hatte. Und dann hatte der Arzt der Mutter auch noch nahegelegt, kein Kind mehr zu bekommen, eine Bemerkung, die Johanna damals sehr verwundert hatte. Sie hatte sich immer ein Geschwisterkind gewünscht, war von der Mutter aber jedesmal beinahe böse beschieden worden, das könne man sich nicht aussuchen. Die Bemerkung des Arztes schien aber deutlich auf etwas anderes hinzuweisen. Johanna war nun wohl neun. Sie wußte, das mit dem Klapperstorch war Quatsch, nie hatte ihre Mutter ihr so einen Unsinn erzählt. Die Kinder fingen einfach einmal an, in der Mutter zu wachsen.

Johanna mußte ihre Unterhose ausziehen, die der Arzt sich genau ansehen sollte, was Johanna peinlich war. Die Mutter sagte, sie hätte dem Kind eigens keine frische Unterhose angezogen, damit er sehe, was sie meine. Als Johanna hörte, wie die Mutter zögernd das Wort Ausfluß sagte, begriff sie, daß es ein unanständiges Wort war. Und schämte sich noch mehr. Der Arzt schien eigentlich nichts zu sehen, was ihn irgendwie hätte interessieren müssen. Aber als die Mutter insistierte, sprach er von Sauberkeit und täglichem Waschen. Die Mutter, die sich wohl gedemütigt fand, hatte dem Arzt übrigens nicht erzählt, daß sich ihr Kind immer noch nicht das, was sie den Popo nannte, selbst abwischen konnte. Auch Johanna war nicht auf die Idee gekommen, darüber zu sprechen. Wie sie überhaupt nicht auf die Idee gekommen war, vor dem Arzt, vor dem sie sich schämte, irgend etwas zu sagen. Daß sie auf der Toilette immer noch nach der Mutter rief, war normal. Eigentlich. Obwohl es für Johanna ziemlich umständlich war. Sie ging eben nur zu Hause auf die Toilette, was oft unangenehm sein konnte, wenn sie zum Beispiel schon in der Schule mußte. Sie sollte es endlich lernen und wußte nicht recht, was so schwer daran sein sollte. Die Mutter aber half ihr gern. Und in den frühen Jahren kokettierte sie, vielleicht auch vor einer Nachbarin, damit, daß sie ihrem Kind eben Zeit lasse, wenn es noch Zeit brauche.

Gelernt, sich den Hintern selbst abzuwischen, hatte Johanna letztlich, als sie begonnen hatte, mit der Mutter darüber zu sprechen. Einmal hatte sie zur Mutter gesagt: Du kennst etwas von mir viel besser als ich selbst. Und sie hatte sich gewundert, daß die Mutter dies, wie ihr schien, schwierige Rätsel so schnell zu lösen vermochte. Jedenfalls konnten sie dann gleich wieder von etwas anderem reden.

Kurze Zeit darauf bekam sie ihre Tage. Sie war gerade elf geworden. Aber es war nicht sie selbst, die das erste Blut entdeckte, sondern die Mutter. Johanna hatte, wie jeden Abend, ihre Kleider in der Küche auf den Stuhl gelegt. (Warum hatte sie sich immer noch in der Küche ausgezogen und nicht an ihrem Bett im Zimmer, wo sie schlief?) Und am Morgen hatte ihr die Mutter wie einer Ertappten die Unterhose entgegengestreckt. Die Mutter war sichtlich zufrieden gewesen, daß immerhin sie das Recht des ersten Blicks gehabt hatte. (Hatte die Mutter jeden Abend ihre Wäsche kontrolliert, an ihr gerochen? Sie würde gesagt haben, sie habe die Kleider jedenfalls ordentlich zusammengelegt, weil Johanna immer so schlampig war und sie keine Unordnung in der Küche brauchen konnte.)

Und davor, vor der Menstruation, aber noch während der Zeit, da sie ihrem Kind den Hintern abwischte, hatte es die Mutter auf sich genommen, das zu tun, was sie unter dem Wort »Aufklärung« für ihre mütterliche Pflicht gehalten hatte, damit das Kind es nicht wie andere, weniger behütete Kinder auf der Straße erfahre. Und so hatte sie beim nachmittäglichen Kaffeetrinken über den Porzellantassen mit den Kleeblättern das Wort »männliches Glied« in den Mund genommen und auch das Wort »Scheide«, nein, nicht in den Mund genommen, sondern wirklich aus sich herausgequält. Also der Mann führe sein, und so weiter. Und das Kind hat vor allem die Qual der Mutter verstanden, denn so ungefähr wußte es schon, was die Mutter ihm sagen wollte, aber natürlich nicht so genau, und so wie sie jetzt davon sprach, klang das alles ziemlich kompliziert. Und damit, wenn es die Sache denn jetzt verstehen sollte, es die Sache dann auch richtig verstehe, wollte es nun doch nachfragen, und es fragte die Mutter: Wo machen das denn der Mann und die Frau? Machen sie das auf dem Küchentisch?

Und die Mutter war wie vom Blitz gerührt und sagte, nein, wo denkst du hin, sie machen das natürlich im Bett.

Die Antwort hat das Kind gewundert. Aber es hat nicht weitergefragt, und dann bekam es gleich noch ein Stück Marillenstrudel auf den Teller geschoben. Und dann war es wenigstens vorbei.

Johanna hatte sich an die Waschungen auf dem Küchentisch erinnern können. Dazu waren sie auch zu alltäglich. Sie hatte die Erinnerung nur nicht verstanden. Manchmal, dachte sie, manchmal brauchen Erinnerungen Zeit, um sich zu entwickeln, wie Abzüge im Entwicklungsbad auch. Und Herzflimmern war ein Reaktionsbeschleuniger, der von der Mutter sofort unterbrochen worden war.

Jetzt war die Mutter tot.

Johanna zog die Unterhose hoch, die Jeans, sie steckte das weiße T-Shirt in den Bund, zog den Reißverschluß hoch. Schloß den Knopf. Sie drückte den Spülhebel, er klemmte, sie drückte nach. Sie wusch sich die Hände. Das kalte Wasser war warm. Sie sah im Spiegel das Gesicht einer Frau mit kurzen Haaren, das ihr eigentlich gefiel.

Es war jeden Abend gewesen. Die Mutter hatte ein Handtuch auf dem Küchentisch ausgebreitet und dann das Kind mit dem Rücken auf das Handtuch gelegt, so wie man vielleicht ein Baby hinlegt, das gewaschen oder geputzt werden soll. Nur war das Kind kein Baby mehr. Es war aber wund. Das Kind hatte nie ein Empfinden dafür gehabt, daß es wund sei, aber die Mutter sah es mit ihrem sicheren Blick. Das Kind glaubte der Sorgfalt der Mutter, die nur sein Bestes wollte. Neben das Kind stellte die Mutter eine kleine Plastikschüssel mit warmem Wasser. Dann wusch sie das Kind da, wo es wund war. Der Vater saß neben dem Küchentisch und sah der Mutter, die das wunde Kind wusch, zu.

Muttertiere, dachte Johanna, Muttertiere lecken ihre Neugeborenen ab, wenn sie das nicht tun, überleben sie nicht. Mütter müssen ihre Kinder pflegen, für sie sorgen. Sie loslassen. Johanna öffnete die Toilettentür und fiel in den Wäscheständer. Sie stolperte wieder hoch.

Einmal streckte das Kind, während die Mutter es wusch, seine Beine lang und legte die Fußsohlen in das Gesicht der Mutter, die über ihm stand, genau auf ihre beiden Backen. Und es war ein so unsinnig weiches Gefühl, daß das Kind die Fußsohlen gar nicht mehr von den Backen der Mutter nehmen wollte. Aber die so aufkommende Kinderwonne duldete die Mutter dann doch nicht.

Sie war sich sicher, das Kind sei wund, dachte Johanna. Und der Vater war sich sicher, das Kind sei wund, und man war nur so beisammen um das Kind auf dem Küchentisch, weil Abend war und weil abends eine Familie doch beisammen ist. Meist war es früher Abend gewesen, denn wenn das Kind auf dem Küchentisch den Kopf zum Fenster wandte und hinaussah, dann hörte und sah es, wie die anderen Kinder, die weniger behüteten, noch draußen auf der Straße spielten.

Später, als Johanna schon auf die Fachhochschule für Bibliothekare ging, hatte die Mutter manchmal harte Bemerkungen gemacht, aus denen Johanna schließen konnte, daß die Mutter nicht mehr so oft mit dem Vater zusammen war, wie er es vielleicht wollte, vielleicht überhaupt nicht mehr. Aber eigentlich sprach man darüber nicht. Für die Mutter waren Männer letztlich ein Tabu. Sie hatte ein Kind gewollt, und das war ohne Mann schlecht möglich gewesen. Sie wollte Mutter und Hausfrau sein, dazu brauchte sie einen Ernährer. Einen Mann brauchte sie nicht. Und das Kind brauchte nicht unbedingt einen Vater. Das Kind hatte sie.

Wenn Johanna zurückdachte, gab es nur winzige Erzählsplitter, die mit der Mutter und Männern zu tun hatten. Und der Großvater war ja kein Mann, dachte Johanna, eigentlich war er ja kein Mann, sondern der Vater der Mutter. Und zum ersten Mal überlegte sie, wie sie wohl gewesen sein mag, diese starke Liebe zwi-

schen Vater und Tochter. Ihre Mutter jedenfalls war nie
eine Frau geworden, nicht einmal, als sie ein Kind gebar. Sie war die traurige Tochter geblieben, die ihr kleines Kind täglich zum Grab ihres Vaters brachte.

Vom Pflichtjahr hatte sie manchmal erzählt, das war
noch Zuhaus, und im Pflichtjahr gab es den Bauern, der
hinter ihr her war, so daß die Bäuerin sie beschimpfte,
sie wolle ihren Mann verführen, und rausschmiß. Sie
mußte sich damals furchtbar geschämt haben. Aber er
wollte doch, er allein!, sagte sie dann, und nicht ich.
Auf der Treppe sei er ihr nach, aber vor seiner Frau
habe er es dann so hingedreht, daß sie es war. Wut und
Scham stiegen immer noch in ihr hoch, wenn sie das erwähnte, aber die Geschichte wurde nie auserzählt.
Dann war da noch sehr vage ein erster Geliebter, gegen
Ende des Kriegs, und sie hatte ihn wohl gern gehabt,
und sie hat diese Geschichte nur einmal erwähnt, einmal,
als der Vater, obwohl er es versprochen hatte, wieder
nicht vom Schach rechtzeitig nach Hause gekommen
war, weil er wohl wieder die gespielte Partie hinterher
noch analysieren mußte, da war die Geschichte ihr
abends in der Küche so herausgerutscht, und nur sehr
undeutlich. Sie hatte sich auch vor dieser Geschichte
geschämt, sie war auf andere Weise schändlich.
Er war sehr jung, aber gerade noch eingezogen worden,
sein Tornister war schon gepackt. Es sei ein Ab-
schiedstreffen gewesen, nur sie zwei, und sie weiß nicht
mehr warum, es war so ein blöder Zufall gewesen, aber
da hatte sie in einer Seitentasche des Tornisters ihre
Geldbörse gefunden. Weißt du, sagte sie, ich hätte ihm

doch alles Geld gegeben, er hätte doch nur fragen müssen.

Aber er hatte nicht gefragt, er hatte sie bestohlen. Da sei, hatte sie gesagt, etwas in ihr zerbrochen, was sie nicht sagen könne, und so konnte sie auch diese Geschichte nicht richtig erzählen. Sie konnte nicht sagen, was sie in seinem Tornister gesucht hatte und wo er war, als sie die Geldbörse fand, und ob sie ihn zur Rede stellte. (Sie wird ihn nicht zur Rede gestellt haben.) Sie konnte nur noch sagen, daß er dann gefallen sei.

Die Mutter hatte nie einen Zweifel daran gelassen, daß sie nicht zu den Frauen gehörte, die das, so formulierte sie, was die Männer wollten, brauchte. Sie hätte da bestimmt ganz darauf verzichten können. Und eine Frau, die da gerne mitmache, sei eben ordinär. Es gebe ordinäre Frauen, das wisse sie schon. Natürlich ging die Mutter davon aus, daß Johanna, wie die Mutter, keine ordinäre Frau werden wollte, und als Johanna einen ersten Freund nach Hause brachte, ging die Mutter in eine Habtachtstellung, die eine höchst anstrengende Haltung war zwischen Migräne und Depression.

Er hatte einen Spitzbart, spielte Gitarre und drehte Zigaretten aus dunklen Krümeln selbst. Es war die Zeit, da das Wort »Petting« durch die Jugendmagazine ging, die Johanna nicht lesen durfte. Er schrieb Gedichte. Er malte Johanna mit Buntstiften in Rot und Blau nach einem Foto, das er von ihr heimlich gemacht hatte, während sie sich bückte und einen offenen Schuh zuband. Johanna sah, daß es ein trauriges Bild war. Er war der Sonnyboy der Teestuben und Schloßpark-Sit-Ins,

138

er schlief noch im Ehebett seiner Mutter (sein Vater war früh gestorben), und er schlief sich durch die Reihen der schöneren, freieren Frauen, die ihre Brüste nackt trugen unter seidendünnen Fransenkleidern. Seine Mutter war tolerant. Sie mochte auch Johanna. Johanna war nicht schön und nicht frei. Sie war verklemmt. Sie erfand das Wort »Jeansliebe«, was ihm gefiel. Sie versuchte durch Originalität zu retten, was nur Verwirrung und Not war. Sie war Scheherezade. Nie und nimmer durfte sie schwanger werden, nie und nimmer würde sie mit ihm schlafen, solange sie noch zu Hause lebte. Die Pille war für Johanna noch nicht erfunden worden. Damit sie ihre Freundinnen nicht beneiden mußte, verachtete sie sie. Ein wenig.

Sie mochte an ihm, daß ihn die Großmutter nicht störte. Denn die kranke Großmutter war ihr Lackmustest für Freundschaften. Basisch oder sauer, ja oder nein, ganz einfach. Es gab Freundinnen, die, wenn sie Johanna zum Hausaufgabenmachen oder Malen oder Teetrinken und Reden besuchten, gleich sagten, sie könnten nicht am Tisch bleiben mit der Oma im Bett. Johanna nickte dann, und man ging ins Wohnzimmer. Sie ließ sich bestimmt nichts anmerken, aber für den engeren Vertrautenkreis kam eine solche Freundin nicht mehr in Betracht.

Er akzeptierte die Großmutter, die im Bett lag. Im Schneidersitz saß er auf dem Boden, stimmte hingebungsvoll seine Gitarre, und dann sang er »it's all over now, baby blue«, »morning has broken«, »like a bird on the wire«. Und manchmal spielte er »Abendstille überall«, damit die Großmutter auch etwas davon hatte. Und Johanna sang die zweite Stimme dazu. Sie wußte, daß er bei anderen übernachtete, nicht oft, aber immerhin. Er gehörte aber zu ihr. Nahm sie an. Sagte er zu ihr. Er brachte ihr die ersten Griffe bei. Sie kaufte sich über den Kleinanzeigenmarkt eine Gitarre. Als er ihr vorschlug, die Gitarrenbänder auszutauschen – sie würde von nun an mit seinem grünen Mäanderband spielen und er mit ihrem braunen mit den Sternen –, da wußte sie, wie sehr Glück weh tut.

Als die Mutter wieder einmal ohne anzuklopfen (es wäre ihr nie eingefallen, an einer Tür in ihrer Wohnung anzuklopfen) mit Himbeersaft und Schmalzbroten hereinkam und Johanna und den Jungen nebeneinander auf dem Boden liegen sah, in jener einzigen Ecke am Fußende des Bettes der Großmutter, wohin die Großmutter nicht sehen konnte, da flog die Tür mit einem furchtbaren Schlag wieder zu. Und dann, als er wieder fort war – und Johanna hatte ihn schnell fortgeschickt –, warnte die Mutter Johanna vor dem Jungen wie vor einem Triebtäter. Sie solle ihn nur nicht provozieren, wenn die Männer ihre Gefühle bekämen, seien sie unberechenbar, sie solle nur aufpassen, er könne sie noch einmal erwürgen. Die Mutter glühte.

Und der Vater sagte einen Tag später, einer, der sich mit ihr einlasse, der könne ja nichts taugen. Er muß sehr enttäuscht gewesen sein. Er hätte Johanna gerne in einem Kloster gesehen. Auch er fand, daß sie nichts sein sollte für Männer.

Der Junge machte ein Jahr vor ihr Abitur und zog in eine andere Stadt. Er war schon fort, als die Großmutter starb. Und Johanna gab das Gitarrespielen auf.

XVI

Bevor der Vater zum letzten Mal in die Klinik kam, die
nun im allgemeinen Sprachgebrauch eine Psychiatrie
war und keine Irrenanstalt mehr, und man mußte sich
jetzt auch nicht mehr so sehr dafür schämen, daß der
Vater wieder hinmußte, es gab jetzt Worte wie The-
rapie, hatte die Mutter dem apathischen Vater eine Geschichte entlockt, die sie so umwarf und dann so erbo-
ste, daß sie ihm sein Unglück fast gönnte. Das war seine
gerechte Strafe. Wie hatte er ihr das antun können!
Nein, sie riß nicht die Windmühlen mit den Tulpen-
feldern von den Wänden, sie litt, sie litt leise, mit der
Hingabe einer Jungfrau, die nicht gefehlt hatte und der
großes Unrecht geschehen war. Und der Vater ließ sich
wieder einweisen. Es war für ihn vermutlich der sau-
berste Weg.
Er hatte der Mutter von ihr erzählt, die ganze wahre
Geschichte. Er hatte den Anfang der ganzen wahren
Geschichte erzählt. Den Anfang. Es war das absolute
Gegenteil des Anfangs einer romantischen Geschichte
gewesen. Deshalb hatte er es seiner Frau ja erzählen
können. Und weil sie überhaupt nicht romantisch anfing, konnte sich diese Geschichte rasant steigern.
Johanna hatte die Geschichte nur nach und nach erfahren, aus jenen Fragmenten, die von der Wut der Mutter
losgebrochen wurden, gegen den Widerstand ihrer
Scham. Seit Jahren fuhr der Vater jedes Frühjahr nach
Holland zu einem internationalen Schachkongreß. Ihm
gefiel das Zusammensein mit Schachkollegen. Es ka-

men auch die großen Russen, gegen die er natürlich nicht antrat, aber er konnte ihnen zumindest zusehen. Er liebte die konzentrierte Schachatmosphäre, die Menschen aller Weltgegenden miteinander teilten. Wie Musiker hatten sie eine universelle Sprache, einen kleinsten gemeinsamen Nenner. Sie unterhielten sich in der Grammatik von Spielzügen, in der Kombinatorik zweier Heere auf weißen und schwarzen Feldern. Nach und nach aber hatte der Vater auch begonnen, den holländischen Alltag zu genießen. Zu Hause besuchte er nun einen Holländischkurs in der Volkshochschule. Die Mutter ärgerte sich darüber, denn das kostete Geld und vor allem Zeit, und sie konnte weder mit Schach noch mit Holland etwas anfangen. Aber da sie sich an das Schachspielen im Verlauf ihrer Ehe unter weinenden Szenen hatte gewöhnen müssen, wich sie nun auch vor Holland aus und zog sich nur weiter zurück auf ihr inneres Festland. Manchmal war es ihr wohl auch recht, wenn ihr Mann für vierzehn Tage verschwand; dann besuchte sie die Tochter in der anderen Stadt.

In Holland hatte der Vater das asiatische Essen kennengelernt. Es gefiel ihm, daß man sehr billig überall an der Straße diese Nasis und Bamis und Frühlingsrollen bekam. Und einmal saß der Vater mit Schachkollegen abends in einem Restaurant, ihm war schon irgendwie nicht wohl, gutgelaunt aber ignorierte er das, und er bestellte, wie die andern auch, eine nach Zitronengras duftende Tagessuppe und danach eine glasierte Ente, da überfiel ihn während des Essens plötzlich ein kaum mehr kontrollierbarer Durchfall.

Er rettete sich noch auf die Toilette, aber er bekam die Hose nicht schnell genug herunter oder in der Hast eben nicht weit genug.

Inwieweit ihm sein Zustand danach bewußt war, ist schwer zu sagen. Als er jedenfalls etwas verwirrt an den Tisch zurückkam, sprang eine Schachkollegin auf, lief ihm entgegen und flüsterte ihm mit holländischem Akzent zu, wie er denn aussehe!

Worauf der Vater an sich heruntersah und dann der Kollegin ins Gesicht.

Sie hieß Nolly van der Gracht und muß das gewesen sein, was der Vater unter einer patenten Frau verstand. Sie fuhr einen grünen 2CV. Sie wohnte nicht weit entfernt und nahm ihn mit.

Soweit kannte die Mutter die Geschichte, und sie wußte auch noch, daß sich der Vater im Badezimmer von Nolly van der Gracht duschen durfte und daß Nolly van der Gracht dem Vater eine Hose ihres verstorbenen Mannes lieh. Und die Mutter schämte sich für den Vater und schickte Nolly im nächsten Jahr einen guten Nußkuchen, den der Vater ihr mitnahm, in der Kastenbackform, damit er im Koffer nicht zerbrach.

Was die Mutter nicht wußte, war, daß die Schachspielerin Nolly van der Gracht den Vater als Schachspieler sehr schätzte, sie bewunderte seine Problemschachkompositionen, die sogar in russischen Magazinen erschienen, und, ja, sie fand, der Vater sei ein attraktiver Mann. Ein wenig Durchfall konnte Nolly van der Gracht nicht erschüttern. Da hatte sie anderes gesehen. Der Vater wird diese Nacht nicht in seine Frühstückspension gegangen sein. Und von diesem Abend an, der so peinigend begann, hatte der jährliche Schachkongreß eine unverhoffte, für den Vater ganz unglaubliche Attraktivität bekommen. Nolly freute sich tatsächlich auf ihn. Sie saßen zusammen über dem Schachbrett, er gab ihr Unterricht, und dann nahm sie ihn mit in ihrem grünen 2CV zu Ausflügen übers Land, ans Meer, nach Amsterdam. Zu Hause erzählte er, daß er den Mann mit dem Goldhelm gesehen habe und die Weizenfelder von van Gogh.

Als der Vater seinen Ehebruch mit Nolly van der Gracht der Mutter gestanden hatte, lebte Nolly nicht mehr. Sie war schnell, jämmerlich und allein an Krebs gestorben. Auch der Vater verfiel nun. Die Depression war nur der Anfang. Seine Blutwerte blieben gut, aber er nahm rasant ab. Er sprach nicht mehr. Er reagierte nicht mehr. Vermutlich hatte er beschlossen, dieses eine Mal seinen Willen durchzusetzen.

Johanna erinnerte sich, wie der Arzt auf die Krankenstation kam, wie er den Vater untersuchte und achselzuckend weitere Infusionen anordnete. Der Arzt fuhr ihm mit der Hand über das schüttere Haar und sagte, er sei ein armer Kerl. Und auf dem Gang sagte er zur Tochter, das könne noch monatelang so gehen. Da war Johanna nach Hause gefahren, Straßenbahn, Zug, zweimal Umsteigen, und als sie die Haustür aufschloß, hatte das Telefon geklingelt.

Und dann hatte die Schwester noch wissen wollen, ob es nicht besser sei, wenn die Mutter es von der Tochter erführe.

Und ich habe es doch gewußt, dachte Johanna. Vieles weiß man, ohne es zu wissen. Man weiß nur nicht, daß man es weiß. Und so war sie an diesem Nachmittag lange an seinem Bett gesessen. Zum ersten Mal ohne Ungeduld. Sie hatte seine abgemagerte Hand genommen, eine Dürerhand aus Adern und Knochen mit den schmalen Fingern, die ein Leben lang Schachfiguren umgesetzt hatten, den weißen Springer von d7 auf b8, den schwarzen König von b4 auf b5, die Dame schlägt den Bauern auf b3. Matt. Und dann versucht es der König auf a3 oder auf c3. Aber die Läufer sind noch da: Matt und Matt. Oder mit dem Bauern von b3 auf b2. Matt! Matt und wieder eine der ästhetisch gelungenen Y-Fluchten des schwarzen Königs. Johanna war mit ihren Fingerspitzen über seine knochigen Glieder gefahren, über Finger, die Echomatts initiiert hatten oder ein Fata-Morgana-Phänomen beim Selbstmatt. Sie hatten Verführungen und Fesselungen ausgeführt und elegante Damenopfer gebracht. Sie waren geeicht auf eine harte und unauffällige Ästhetik aus nichts als einer Handvoll heller und dunkler Steine auf 64 weißen und schwarzen Feldern. Und sie hatte daran gedacht, wie der Vater einmal im Advent dem Kind, das nichts vom Schach verstand, eine Freude machen wollte. Da hatte er Problemschachaufgaben komponiert, deren Mattstellungen immer einen Baum mit Spitze und Gezweig ergaben, lauter nebenlösungsfreie Weihnachtsbäume für die Tochter.

Sie hatte seine Hand gehalten und dem apathischen Vater leise Unsinniges gesagt, und er hatte nur vor sich nirgendwohin gesehen und ganz ruhig geatmet, und als sie ihn einmal fragte, ob er Schmerzen habe, hatte er mit den Augen kaum merklich verneint.

Bei der Beerdigung hatte sie dann seit vielen Jahren wieder die Schwester des Vaters getroffen, eine winzige braungebrannte Greisin, die sich mit Grazie in einer Gehhilfe fortbewegte. Man hatte keinen Kontakt, weil die Mutter die Schwester des Vaters nicht mochte. Diese Schwester muß in einer für die Mutter provokanten Weise frei gelebt haben. Nicht fünf Jahre Brautzeit und drei Ehejahre des Ansparens, sondern »Heiratenmüssen«. (Und die eigene Mutter, sagte die Mutter, die eigene Mutter hat sie damals fragen müssen: ja, von wem denn?). Und natürlich nicht Garmisch-Partenkirchen, sondern Jugoslawien, und sonntags nicht Wandern im Schwarzwald, sondern FKK in einem Freizeitgelände mit eigenem Wohnwagen, nicht nachmittagelanges Stricken bei Kaffee und Gugelhupf mit der Tochter am Küchentisch, sondern Handball mit den beiden Söhnen im Verein. Und diese fremde Schwester, die ja eigentlich Johannas Patentante war, nahm Johanna dann in der Leichenhalle beiseite und erzählte ihr, wie ein Vermächtnis, auch noch jene andere Geschichte, von der Johanna nur wußte, ohne sie zu kennen.

Der Vater habe als Schüler und dann viele Jahre eine Jugendfreundin gehabt, die Greta, so eine blasse, eine ganz schöne mit einem dicken schwarzen Zopf. Sie sei viele Jahre bei ihnen ein und aus gegangen. Aber bei ihnen zu Hause sei es ja sehr katholisch gewesen, ihr Elternhaus sei eben ein katholisches Elternhaus gewesen, das könne man sich heute nicht mehr so vorstellen, vor allem die Mutter. Und die Mutter habe das dann nicht akzeptieren können mit der Greta. Und je länger sie dieser Freundschaft zugesehen habe, um so unmißverständlicher habe sie ihrem Sohn klargemacht, daß sie als Katholikin nie und nimmer eine protestantische Schwiegertochter akzeptieren würde. Obwohl ja alle die Greta gemocht haben, ein feines Mädchen sei das schon gewesen. Und, und vielleicht nicht so schwierig wie – ja, und. Aber eine Ehe ohne kirchliche Heirat wäre doch eine Todsünde gewesen.

Hier hatte die Schwester des Vaters geseufzt und dann noch gesagt, daß es damals eben so gewesen sei und daß sie auch nicht recht wisse, warum ihr das nun einfalle, und nun sei er tot. Jetzt solle Johanna aber gehen und nach ihrer Mutter sehen, wo die denn überhaupt sei. Dann hatte sie sich mit dem Gehwägelchen umgedreht und sich in vorsichtigen Schritten zum Sarg ihres Bruders vorgeschoben.

Der Krieg mußte dem Vater und seiner Geliebten geholfen haben. Er vollzog die Trennung pragmatisch. Der Vater wurde an die Front geschickt, Greta landete, wie es nur vage hieß, »bei den Russen«. Danach müssen beide mit Geschichten zurückgekommen sein, die zu schwer zu teilen gewesen waren, als daß sie es noch zusätzlich mit der katholischen Todsünde hätten aufnehmen können.

Und nach dem Krieg, in einer überfüllten Straßenbahn, die quietschend durch Ruinen fuhr, hielt sich eingequetscht eine blasse, junge Frau mit schwarzen Zöpfen an einer Stange fest. Da stand er auf für sie. Und er griff nach der Stange und dann, während sie sich setzte, nach oben zu der herabhängenden ledernen Schlaufe, und er blieb an ihrem Platz, der sein Platz gewesen war, stehen. Und der Zufall wollte es, daß die gemeinsam zu fahrende Strecke lang genug war, so daß man sich für den nächsten Abend verabreden konnte, zur Christmette.

»Verheirate«, dachte Johanna. Eines der vertrautesten Kinderessen war »Verheirate« gewesen. »Verheirate« gab es fast jede Woche einmal, weil es eigentlich ein Resteessen war. Wenn von einer Mahlzeit Nudeln übrigblieben und von einer anderen Kartoffeln, dann gab die Mutter etwas Schmalz oder Margarine in die Pfanne und schüttete die Nudeln und die Kartoffeln hinein. Sie schnitt noch Scheiben von Blutwurst dazu und Scheiben von Leberwurst und rührte alles untereinander. Dazu gab es saure Gurken aus dem Glas. Das Kind mochte »Verheirate« ganz gerne (es aß es am liebsten mit etwas Senf), und es war sich sicher gewesen, das Gericht hieße »Verheirate«, weil man Sachen miteinander in der Pfanne briet, die nicht zusammenpaßten.

Draußen war es hell geworden. Johanna hatte die Tasse abgespült und die Kanne der Kaffeemaschine ausgewaschen. Sie ging in den Flur und griff nach den Wäschestücken und fühlte, ob sie schon trocken waren. Die leichten Nachthemden würde sie zusammenlegen können, die Nylonstrümpfe, den Hüftgürtel, die BHs, die Söckchen; die Unterhosen aus dicker Baumwolle, die

Kittelschürzen waren noch feucht. Sie nahm ab, was beim ersten Anfühlen trocken schien, und brachte einen Armvoll Wäsche ins Wohnzimmer zum großen Tisch. Sie strich über die Kleidungsstücke, ein letztes Mal, faltete sie und legte sie zusammen. Sie trug, was sie so in Ordnung gebracht hatte, ins Schlafzimmer und gab es, ohne der Aufteilung im Schrank genau zu folgen, dahin, wo sie gerade Platz fand.

Sie schloß alle Fenster. Sie ließ im Wohnzimmer die Rolläden bis auf einen Spalt herunter. Sie ging ins Bad, um zu prüfen, ob sie den Wasserzulauf für die Waschmaschine abgedreht hatte. Den Deckel der Waschmaschine ließ sie offen, damit sie austrocknen konnte.

Sie ging in den Flur, nahm ihr Jackett vom Bügel und hängte sich ihre kleine Handtasche um. Dann öffnete sie die Wohnungstür und zog sie hinter sich zu.

XVII

Sie hatte keinen Krach machen wollen. So nahm sie nicht den alten Aufzug, sondern stieg langsam die Treppen hinunter. Es war kühl, sie ging Stein um Stein um Stein. Alle schienen noch zu schlafen. Die eine oder andere Nachbarin würde sie morgen anrufen, nein, nicht morgen, heute. Morgen war jetzt heute. Sie spürte, daß sie müde war, auf eine wache Weise müde. Unten öffnete sie die schwere Verbundglastür zum Hof.

Das frühe Licht blendete. Die Wohnblocks schienen überkonturiert in einer leeren Schärfe wie gemalt, Türen, Garagen, Fenster, Balkone. Sie ging durch Stufen von Grau. Die Vögel schrieen.

Du hast deine Mutter wohl lieb? Wie harmlos das klang. Ich habe lieb, du hast lieb, er sie es hat lieb, wir haben lieb. Sie konjugierte ihre Schritte und lief immer schneller. Ich hatte lieb, du hattest lieb, wir hatten lieb. Von weitem sah sie die gelbe Straßenbahn kommen, und nun begann sie zu rennen. Sie wußte nicht, wie oft die Bahnen in der Früh fuhren. Sie wollte nicht an der Haltestelle warten. Die Handtasche schlug gegen ihre Hüfte. Sie hielt sie im Laufen fest. Sie erreichte die Unterführung, sie sprang die Treppen hinunter. Sie hörte, wie die Straßenbahn quietschend bremste, sie rannte die Unterführung entlang, als wollte sie den Echohall der eigenen Schritte überholen, sie sprang die Treppen hinauf, die Hand auf der Handtasche, immer zwei Stufen auf einmal. Sie erreichte den Bahnsteig. Die Straßenbahn stand noch da. Sie drückte auf den Knopf, die

Tür öffnete sich. Sie sprang hinauf, sie griff nach einer Stange und ließ sich auf einen Sitz fallen.

Sie schnappte nach Luft. Die Straßenbahn fuhr an. In einer halben Stunde würde sie am Bahnhof sein.

Draußen wechselten grüne Felder mit Industrieanlagen. Sie schnappte immer noch nach Luft. Von ihrem Atem beschlug die Scheibe. Sie lehnte sich zurück und wischte über den frischen Flecken Kondenswasser auf dem Glas. Als Kind hatte sie gern gegen die Scheibe gehaucht und Gesichter hineingezeichnet. Sie sah hindurch. Kleine Siedlungen schwammen zwischen Schrebergärten. Überall hier lebten Menschen, standen auf und gingen schlafen, tranken Kaffee und Wein, schnitten ihr Brot, packten ihre Taschen, gingen fort und kamen heim. Führten ihre Hunde aus, ihre Geschichten. Fütterten die Hasen und gossen die Rabatten, brachten Salat herein und Blumen. Waren hungrig und satt. Liebten sich und töteten sich. Und die Straßenbahn fuhr alle Tage durch ihr Leben wie durch einen Film, den niemand sah.

Sie sah sich um. Ein alter Mann hinter dem Fahrer schlief nickend, eine braune Aktentasche auf dem Schoß. Seine Hände waren schrundig und braun. Schräg gegenüber küßten sich zwei schlaksige junge Männer unter schrägen Baseballkappen und versanken selbstvergessen in einem rüttelnden Straßenbahnkuß. Eine Frau, bepackt mit Taschen und Tüten, war aufgestanden und wartete an der Tür auf die nächste Haltestelle. Ihren Bündeln entstieg ein Staubsaugerrohr.

Liebe deinen Nächsten wie dich selbst. Das war fahrlässig formuliert. Das Wort stimmte nicht. Hingegen blieb »Du sollst nicht töten« ein klarer Satz. Er war unmißverständlich, selbst dann, wenn einer dennoch töten mußte.

Johanna griff in die Tasche ihres Jacketts, sie mußte ihre Fahrkarte noch abstempeln. Das Gebot der Nächstenliebe war falsch gesagt. »Paß auf deinen Nächsten auf wie auf dich selbst« könnte es heißen, das wäre möglich, oder »Ertrage!«. Ja, mit Ertrage ginge es auch. Aber nicht »Liebe!«. Was sollte das denn heißen? Zünde deinen Nächsten an, damit er brennt wie du?

Liebe war kein sozialer Imperativ. Da war sie sich sicher. Und Mutterliebe war eine Droge, eine Seligkeit, ein Sog, ein Nie-mehr-Hinauskönnen, ein ewiger Entzug.

Treue vielleicht wäre wieder etwas anderes, Solidarität auch.

Sie sah sich um nach dem Automaten.

Als sie die Börse herauszog, fiel ein Zettel auf den Boden. Sie erschrak, noch bevor sie ihn aufhob. Sie verschloß das Papier in ihrer Hand. Mit der anderen schob sie die Fahrkarte in den Entwerter. Unter einem schrillen Klingeln stempelte der Automat sie ab.

Auf dem Zettel stand nicht viel. Ein Gruß, eine E-Mail-Adresse.

Sie hat eine richtige Lehrerinnenhandschrift, dachte Johanna und hielt das Papier fest.

Die Straßenbahn hatte nun den inneren Bereich der Stadt erreicht. Nach und nach waren weitere Fahrgäste eingestiegen. Der alte Mann war aufgewacht und kam gähnend zu sich. Die jungen Männer küßten sich noch immer. Der eine hatte seine Mütze abgenommen und hielt sie in der Hand auf dem Schoß. Seine blonden Haare waren ihm wie Flachs über das Gesicht gefallen, das der andere nun in beiden Händen hielt. Sie kamen aus einer Nacht und würden sie in ein Zimmer weitertragen.

Aber der Tag war angebrochen. Fraglos würde die Arbeit in den Büros beginnen, die Marktstände standen schon aufgebaut, die Bäckereien würden öffnen, die Schulen, die Frisöre, die Fußgängerpassagen.
Der Lärm der Kinder begann rauschend, und beim Hauptbahnhof schwärmten nun die Briefträger aus in einem frühen Duft von Brot und Benzin.

Angelika Schrobsdorff im dtv

»Die Schrobsdorff hat ihr Leben lang nur
wahre Sätze geschrieben.«
Johannes Mario Simmel

Die Reise nach Sofia
ISBN 978-3-423-10539-2

Die Herren
Roman
ISBN 978-3-423-10894-2

**Jerusalem war immer
eine schwere Adresse**
ISBN 978-3-423-11442-4

**Die kurze Stunde zwischen
Tag und Nacht**
Roman
ISBN 978-3-423-11697-8

**»Du bist nicht so wie
andre Mütter«**
Die Geschichte einer
leidenschaftlichen Frau
ISBN 978-3-423-11916-0

Jericho
Eine Liebesgeschichte
ISBN 978-3-423-12317-4

Grandhotel Bulgaria
Heimkehr in die
Vergangenheit
ISBN 978-3-423-12852-0

**Wenn ich dich je vergesse,
oh Jerusalem …**
ISBN 978-3-423-13239-8

Von der Erinnerung geweckt
dtv premium
ISBN 978-3-423-24153-3

**Der Vogel hat keine
Flügel mehr**
Briefe meines Bruders Peter
Schwiefert an unsere Mutter
Hg. v. Angelika Schrobsdorff
dtv Hardcover
ISBN 978-3-423-28008-2

Bitte besuchen Sie uns im Internet: www.dtv.de

Brigitte Kronauer im dtv

»Brigitte Kronauer ist die beste
Prosa schreibende Frau der Republik.«
Marcel Reich-Ranicki

Die gemusterte Nacht
Erzählungen
ISBN 978-3-423-11037-2

38 frühe Erzählungen, Alltags-
geschichten, scharfzüngig und
mit Ironie erzählt.

Berittener Bogenschütze
Roman
ISBN 978-3-423-11291-8

Ein Junggeselle, Literatur-
wissenschaftler, auf der Suche
nach dem »schönen Quentchen
Verheißung«.

Rita Münster
Roman
ISBN 978-3-423-11430-1

Rita führt nach Jahren der
Berufstätigkeit ein ruhiges
Leben, wohnt mit ihrem Vater
in einem behaglichen Vorstadt-
haus und hilft in einer Buch-
handlung aus ... Der Entwick-
lungsroman einer Frau.

Die Frau in den Kissen
Roman
ISBN 978-3-423-12206-1

Eine Frau flaniert durch die
Großstadt, auf der Suche nach
Momenten klarster Gegen-
wärtigkeit. Eine andere sitzt
in ihrer Wohnung, hat sich im
Alltag eingerichtet. Was beide
verbindet, ist ihr gemeinsames
Interesse am Zoo ...

Das Taschentuch
Roman
ISBN 978-3-423-12888-9

Es beginnt in einer Nachtbar
und endet auf dem Straßen-
pflaster mit einem Todesfall.

Schnurrer
Geschichten
ISBN 978-3-423-12976-3

25 skurrile, lustige und alltäg-
liche Geschichten.

Bitte besuchen Sie uns im Internet: www.dtv.de

Brigitte Kronauer im dtv

»Ein Fest, wie Kronauer ihren Figuren mit großer Leichtigkeit
ganz genau auf den Grund geht.«
KulturSpiegel

Teufelsbrück
Roman
ISBN 978-3-423-13037-0

»Ein großer poetischer Roman
über die Elbe, die Liebe und
die Romantik in unromanti-
scher Zeit.« (Die Zeit)

**Verlangen nach Musik
und Gebirge**
Roman
ISBN 978-3-423-13511-5

Ein Wochenende im Hotel
Malibu, an der Seepromenade
von Ostende. Ein großer
Roman von der Sehnsucht in
allen und in allem.

Errötende Mörder
Roman
ISBN 978-3-423-13898-7

Ein paar Tage in der Schweiz
können das Leben verändern –
brillante Gegenwartskritik
und fesselnde Lektüre.

Zwei schwarze Jäger
Roman
ISBN 978-3-423-14016-4

»Brigitte Kronauer hat mit
klugem Witz eine Satire auf
die versnobte Künstlerwelt
geschrieben; und sie erzählt
mit großer Empathie von
Menschen, die mit ihren
Imaginationen an der Mauer
der Wirklichkeit zerschellen.«
(Neue Zürcher Zeitung)

Frau Mühlenbeck im Gehäus
Roman
dtv AutorenBibliothek
ISBN 978-3-423-19113-5

Die Lebensgeschichten zweier
Frauen, kunstvoll und span-
nend erzählt.

Bitte besuchen Sie uns im Internet: www.dtv.de

Irene Dische im dtv

»Irene Dische besitzt einen Humor, der nicht den Zeigefinger hebt, sondern angelsächsisch lustig ein Zwinkern vorzieht.«
Rolf Michaelis in ›Die Zeit‹

Der Doktor braucht ein Heim
Übers. v. Reinhard Kaiser
ISBN 978-3-423-**13839**-0

Brillante Erzählung, in der die Tochter ihren Vater in ein Altenheim bringt und der betagte Nobelpreisträger sein turbulentes Leben Revue passieren lässt.

Ein Job
Kriminalroman
Übers. v. Reinhard Kaiser
ISBN 978-3-423-**13019**-6

Ein kurdischer Killer in New York – ein Kriminalroman voll grotesker Komik.

Fromme Lügen
Übers. v. Otto Bayer und Monika Elwenspoek
ISBN 978-3-423-**13751**-5

Irene Disches legendäres Debüt: Erzählungen von Außenseitern und Gestrandeten.

Großmama packt aus
Roman
Übers. v. Reinhard Kaiser
ISBN 978-3-423-**13521**-4

»›Großmama packt aus‹ zeigt das Gesamtbild bürgerlicher Familienkatastrophen. Un-

barmherzig, liebevoll, hinreißend.« (Michael Naumann in der ›Zeit‹)

Loves / Lieben
Übers. v. Reinhard Kaiser
ISBN 978-3-423-**13665**-5

Irene Disches Liebesgeschichten sind eigentlich moralische Erzählungen. Sie suchen nach Gerechtigkeit und finden sie nicht. Denn die Liebe ist zutiefst unfair.

Clarissas empfindsame Reise
Roman
Übers. v. Reinhard Kaiser
ISBN 978-3-423-**13904**-5

Um ihren Liebeskummer zu vergessen, will Clarissa nach New York reisen. Stattdessen landet sie aber in Miami, mitten in einem erhitzten Wahlkampffrühling.

Veränderungen über einen Deutschen oder Ein fremdes Gefühl
Roman
ISBN 978-3-423-**13958**-8

Die Geschichte eines Mannes, der nicht weiß, was Liebe ist – und schließlich so etwas wie die vollkommene Liebe findet.

Bitte besuchen Sie uns im Internet: www.dtv.de

Ruth Klüger im dtv

»Jeder Tag ist wie ein Tor, das sich hinter mir
schließt und mich ausstößt.«
Ruth Klüger

weiter leben
Eine Jugend
ISBN 978-3-423-**11950**-4

Mit sieben durfte sie in ihrer
Heimatstadt Wien auf keiner
Parkbank mehr sitzen. Mit elf
kam sie ins Konzentrations-
lager. Ruth Klüger erzählt ihre
Kindheit und Jugend.

Frauen lesen anders
Essays
ISBN 978-3-423-**12276**-4

Frauen lesen anders als
Männer, weil sie anders leben.
Daher kann der weibliche
Blick, in der Literatur wie im
Leben, manches entdecken,
woran der männliche vorüber-
sieht. Ruth Klüger beweist
dies in elf ebenso ungewöhnlichen wie klugen Essays.

unterwegs verloren
Erinnerungen
ISBN 978-3-423-**13913**-7

Aus den Konzentrationslagern
Hitlers nur durch einen glücklichen Zufall errettet, wurde
Ruth Klüger in den USA zur
angesehenen Literaturwissen-
schaftlerin und international
ausgezeichneten Schriftstellerin. Die Beziehung zur Mutter, den beiden Söhnen, die
unglückliche Ehe, die
Ressentiments, mit denen sie
als Frau und als Jüdin an ame-
rikanischen Universitäten zu
kämpfen hatte, sind Themen
dieser Autobiographie.

Gemalte Fensterscheiben
Über Lyrik
ISBN 978-3-423-**13953**-3

Vom Leuchten der Wörter.
»Man braucht keine
Germanistin zu sein, um Ruth
Klügers Literatur-Essays mit
Faszination zu lesen. Ihre
Argumentation ist scharfsin-
nig, ihr Stil lakonisch und
pointiert, ihr Urteil unerbitt-
lich, aber immer nachvollzieh-
bar.« (Sigrid Löffler)

Was Frauen schreiben
ISBN 978-3-423-**14045**-4

Nach ihrem Bestseller ›Frauen
lesen anders‹ geht Ruth
Klüger jetzt der Frage nach,
ob Frauen auch anders schreiben. Nein, lautet ihr Resümee,
doch sie werfen einen »Blick
aufs Leben durch anders
geschliffene Gläser.«

Bitte besuchen Sie uns im Internet: www.dtv.de